U0947585

孙犁最喜欢的藏书票
孙晓玲提供

耕堂文录十种

老荒集

孙犁 著

天津出版传媒集团
百花文艺出版社

图书在版编目（CIP）数据

老荒集 / 孙犁著. —天津：百花文艺出版社，2012.5（2023.4 重印）
（耕堂文录十种）
ISBN 978-7-5306-6102-4

Ⅰ. ①老… Ⅱ. ①孙… Ⅲ. ①中国文学-当代文学-作品综合集 Ⅳ. ①I217.2

中国版本图书馆 CIP 数据核字(2012)第 091434 号

老荒集
LAOHUANG JI
孙犁 著

出 版 人：薛印胜
责任编辑：徐福伟
封面设计：郭亚非　　**版式设计：**郭亚红
出版发行：百花文艺出版社
地址：天津市和平区西康路 35 号　　**邮编：**300051
电话传真：+86-22-23332651（发行部）
+86-22-23332656（总编室）
+86-22-23332478（邮购部）
网址：http://www.baihuawenyi.com
印刷：天津新华印务有限公司
开本：787 毫米×1092 毫米　1/32
字数：119 千字
印张：7.875
版次：2012 年 6 月第 1 版
印次：2023 年 4 月第 2 次印刷
定价：62.00元

如有印装质量问题，请与天津新华印务有限公司联系调换
地址：天津东丽开发区五经路 23 号
电话：(022)58160306　邮编：300300

晚華凝秀露，劫後見霜容。澹定就遠道，鏗然撫焦桐。尺澤連滄海，陋巷接飛鴻。文氣如雲舒，直聲盈蒼穹。蟣亂何足道，孰士文自雄。雖曰老荒矣，凌雲志更宏。無為恩有為，芸齋豈荒荒。曲終能再奏，大雅貫長虹。十集成一帙，功如岱宗崇。

余衰病之年曾居鎮南屢作吳坏慰勉之餘近又作五古一首嵌拙作十書於內詩有魏晉風神聲音清越余喜而錄之

一九九五年五月卅日上午

孫犁

孙犁送给女儿晓玲的书法手迹，乃抄录自曾镇南为孙犁晚年十本小集所作的题诗，其中嵌入了这十本小集的全部书名

一九八三年四月孙犁在天津多伦道寓所会见友人

二十世纪八十年代孙犁在天津多伦道寓所门前

二十世纪八十年代孙犁在天津多伦道寓所

目录

芸斋小说

葛　覃

一

他名叫葛覃。我记得这两个字出自《诗经》。但年老了，恐怕记得不准，找出书来查查，所记不误。题作"葛覃"的这几段诗，是古代民歌，也很好读。在这几章诗的后面，有古人的一段议论，说：

> 此诗后妃所自作，故无赞美之词。然于此可以见其已贵而能勤，已富而能俭，已长而敬不弛于师傅，已嫁而孝不衰于父母，是皆德之厚而人所难也。

这一段议论，虽然莫名其妙，不知为什么，在我的心里，和葛覃这个人，连结起来了。

二

我们认识的时候，还都是青年，他比我还要小些，不过十七八岁。人虽然矮小一些，却长得结实精神，一双大眼，异常深沉。他的家乡是哪里，我没有详细问过，只知道他是南方人，是江浙一带的中学生。为了参加抗日，先到延安，一九三九年春天，又从延安爬山涉水来到晋察冀边区。我们见面时，他是华北联合大学文艺学院文学系的学生，我在那里讲一点课，算是教员。一九四一年，边区文艺工作者协会成立，我们一同参加了成立大会，他已经写了不少抗日的诗歌，他的作品富于青春热情和抗争精神，很多人能够背诵。一九四二年开始整风，文艺工作者纷纷下乡，各奔东西，我们就分别了。

后来听说葛覃到了冀中区，后来又听说他到了白洋淀。那个时候，冀中区斗争特别激烈残酷，敌人的公路如网，碉堡如林，我们的大部队，已经撤离，地方武装也转入地下，原来在那里的文艺工作者，也转移到山里来了，而葛覃却奔赴那里去了。

我心里想，这位青年诗人，浪漫主义气质很明显，一定是向往那里的火热斗争,或者也向往那里的水乡景色,因为他来自江南。或者吃厌了山沟里的糠糠菜菜,向往那里的鲜鱼大米吧。

山川阻隔,敌人封锁,从此就得不到他的消息,也不知道他的生死,我就渐渐把他忘记了。

三

日本投降以后,我回到了冀中,也曾经到过白洋淀,但没有听到他的消息,也没有想到探寻他的下落。我的生活也一直动荡不安。经过三年解放战争,我到了天津,才从文艺学院另一位同学那里,知道葛覃还在白洋淀。那位同学说:

“他一直在那里下乡,也可以说在那里落户了。他的下乡,可以说是全心全意的了吧!”

进城以后,我的生活进入了新的不安定阶段,听到了这个消息,并没有感到惊异,也没有想到去看望他。这时,人与人之间的关系,已经不像在山地那样,随时关心,随时注意了,这就叫做“相忘于江湖”!大家关心、注意的是那些显赫的人物和事件,报纸刊出的或电台广播的消息:谁当了部长,谁当了主任,谁写了名著,谁得到了外国人的赞扬……作家们还是下乡,有时上边轰着下去一阵,乡下炕席未暖,又浮上来了。葛覃下乡虽然彻底,一下十几年,一竿子扎到底,但他并没有因此出名,也没有人表扬他,因为他没有作品,一首诗也没有发表过。他到底在干什么呀,这倒引起了我的好奇心!

文化大革命来了,大动乱开始了,文艺界的很多知名人士,接连不断地被打倒,被游街示众,被大会批判,被迫自杀身亡,几年的时间,已经弄得哀鸿遍野,冤魂塞路……我算是活下来了,但生活下去还是很艰难,惶惶终日,自顾不暇,把所有的亲人、朋友、同志,都忘记了,当然更不会想到葛覃。

四

但就是在这个时候,我见到了葛覃。我所在的城市,有一个文教女书记,因为和江青有些瓜葛,权势很大,人称太上皇。她想弄出一个样板戏,讨江青的欢喜。市京剧团,原来弄了一个脚本,是写白洋淀抗日斗争的,但一直不像个样板。正赶上我已经被"解放",有人向女书记介绍了我,说我写过白洋淀,可以参加样板戏的创作。因此,我就跟着剧团到白洋淀去体验生活,住在淀边一个村庄。行前,文艺学院那位同学告诉我，葛覃就是在这个村庄教小学。

到那里的第二天早晨，我就去找葛覃，小学在村庄的南头，面对水淀。校舍很宽敞，现在正是麦收季节，校门前的大操场，已经变成了打麦场。到学校一问，现在放假，葛老师到区上开会去了。

这个村庄街道很窄，每天早晨，我到操场去散步。有一次，看到一个农民穿戴的中年人，从学校出来，手里提了一个木水桶，上到淀边的船上，用一根竹竿慢慢把船划到水深处，悠然自得，旁若无人。然后打了一桶水，又划回来，望了我一眼，没有任何表情，提着水桶到学校去了。我看这个人的身影，有些像葛覃，就赶快跟了进去。他正在厨房门口往饭锅里添水，我喊了一声：

“葛覃！”

他冷漠地看了看我，说：

“听说你们来了。”

我随他走进屋里，这是他的厨房兼备课室，饭桌上零散地放着一些书籍报纸，书架上也放着一些碗筷，瓶罐。

我看着他做熟了饭——一碗青菜汤；又看着他吃完了饭——把一个玉米面饼子，泡在热汤里，他差不多一句话也没有说。没有问我现在的工作，这些年的经历，文化大革命的遭遇；也没有谈他在这里的生活和经历。比如说“土改”、“四清”，他有没有问题，和老家有没有联系。

在这种气氛下，我也没有多谈，只是翻看他们桌上的书报，临走向他借了一本范文澜的《中国通史简编》，拿回住处去看。

过了几天，村干部们在小学里请一位来参观的军官吃饭，把我拉去陪客。我去应付了一下，就托辞出来，去看葛覃。这次他把我让进了卧室。那是由一间教室的走廊，改造而成。临院子的一面，用牛皮纸糊得严严的，阳光也射不进来。一副木床板上，放着他的铺盖卷，此外，什么也没有。室内昏暗，空气也不佳，我又把他叫出来，在院里站着谈话。

他好像有了一点兴致。

他说：

“张春桥现在做什么官儿？”

“政治局常委，国务院副总理。”我说，“看来还不满足，还想往上爬哩！”

“你记得吗？”葛覃脸上忽然闪过一丝笑意，“我们在华北联大开会时，他只能当当司仪，带头鼓掌喊口号，此外就什么也不会干了。”

在庭院里，我觉得不应该议论这种人物，尤其是眼下，不远的地方正在有宴会进行，我没有把话接下去。这时剧团里的两位女演员跑来叫我去开会，我就走了，他也没有送我出来。

在村里，我问过村干部，葛覃在这里结过婚没有。他们说，前些年，曾给他介绍过一个女的，结婚以后，那女的脾气不好，有点虐待葛老师，就又离散了。他们说葛老师初来时，敌人正在疯狂烧杀，水淀的水都叫血染红了，他坚持下来了。人很老实，人缘也好，历次运动，我们都没有难为过他。在村里教书整整三十年，教出的学生，也没有数了。

五

去年，有一位白洋淀的业余作者到天津来，我又问起葛覃的生活。他说：

“又结了婚，这个女的，待他很好，看来能够白头偕老了。不过，究竟为什么，一个人甘心老死异乡？除去到区县开会，连保定这个城市也不愿去一趟。认识的老同志又很多，飞黄腾达的也不少，为什么也从不去联络呢？过去好写诗，为什么现在一首也不写呢？这就使人不明白了。”

我说：

“因为你是一个作家，所以才想得这样多。我在那个村庄的时候,农民就没有这些想法。他们早把葛老师看成是本乡本土的人了。他不愿再写诗,可能是觉得写诗没有什么用,是茶余酒后的玩意儿。他一字一句地教学生读书,琅琅的书声,就像春天的雨水,滴落在地下,能生菽粟,于人生有实际好处。他不是我们这个时代的隐士,他是一名名副其实的战士。他的行为,是符合他参加革命时的初志的。白洋淀的那个小村庄,不会忘记他,即使他日后长眠在那里,白洋淀的烟水,也会永远笼罩他的坟墓。人之一生,能够被一个村庄,哪怕是异乡的水土所记忆、所怀念,也就算不错了。当然,葛覃的内心,也可能埋藏着什么痛苦,他的灵魂,也可能受到过什么创伤,他对人生,也可能有自己特殊的感受和看法,这也是人间常情,不足为怪,也不必深究了。”

芸斋主人曰:人生于必然王国之中,身不由己,乃托之于命运,成为千古难解之题目。圣人豪杰或能掌握他人之命运,有时却不能掌握自己之命运。至于凡俗,更无论矣。随波逐流,兢兢以求其不沉落没灭。古有隐逸一途,盖更不足信矣。樵则依附山林,牧则依附水草,渔则依附江湖,禅则依附寺庙。人不能脱离自然,亦即不能脱离必然。个人之命运,必与国家、民族相关联,以国家之荣为荣,以社会之安为安。创造不息,克尽职责,求得命运之善始善终。葛覃所行,近斯旨矣。

一九八四年二月二十三日

春天的风

现在已经进入"九九",春天确实来了。外面刮着很大的风,庭院尘土迷漫,呼呼作响。我在屋里没事干,想起一些往事,心里很郁闷。我是不愿意在郁闷中消磨精神、消磨时光的。我想写点什么,一方面是排遣,一方面也是做一点工作。

我刚刚写得流畅一些,漂亮的文词不断涌现,心情也愉快起来。这时有人敲门。我最怕写东西的时候来客人,重大的敲门声,常常引起我的反感,不得不强自克制,以免得罪客人。这次敲门声音很轻微,我放下笔去开门,来客是一位女郎。

她身长玉立,穿一件浅花棉袄,围一条驼色大宽围巾。从面容和眼神上,我看出她是神经方面不健康的人。近几年来,常常有这样的青年来找我。我年纪大了,又是一个人生活,同院的人,很为这种事情担心,有时就跟了进来,以防不测。我对邻居们解释:不会出什么事,他们不会在我屋里大闹的。因为来找我的人:第一,都是书生,文学爱好者;第二,他们既然找我,就是对我尊重,甚至还有些崇拜。当然我也要注意,不要惹翻他们,要用好言语,把他们打发走,就是说,把他们哄走。

女孩子很礼貌,我让给她一把藤椅,她说:

“你老年纪大了,理应坐椅子,我坐凳子。”

她自己拉了一只小凳,坐了下来。

我心里安定下来,并对她发生了好感。

女孩子接着说:

“我想拜访一位作家,我就想到了你老。”

“你找我要谈些什么呀?”我和气地说,照例把眼睛眯了起来,这样可以使对方畅所欲言,我自己也可以节约精神。

女孩子用低沉的声音说:

“我想问问你,我还需要不需要写作?”

“你带了稿子来吗？”我问。

“没有。我不想写东西了。因为我看到周围的人，他们的生活、思想、感情，都不是那么高尚，他们都很自私。我想，不值得我去写。”

我说：

“这可能是因为你身体不好，精神不好。你可以先休息休息，等精神好的时候，再写。那时候，你就会觉得，有些人还是很好的，很可爱的。”

“我从九岁的时候，就得了这种病，我很固执，我想不通。”女孩子说：“我走到你这里来，很困难，我口袋里装着很多药。”

“是中药还是西药？”我问。

“什么药也有。”她说着掏出一包药丸叫我看。有一个小纸条掉在地下，我提醒她捡了起来。她说：“一张电影票，没有意思，我不想去看了。”

我在心里计算着一个数字：九岁……我问：

“你今年多大了？你的父母做什么工作？”

“二十七岁。”女孩子说，“我一个人留在这里，我的父亲和母亲都在保定，他们都在大学教书。”

“你应该到保定去住，那里空气好一些，对你的身体有利。”我对她说。那个数字也计算出来了，她是一九六六年得的病。“你对生活要乐观。你的家庭，你的父母，现在不是很好了吗？”

“保定的空气就是好，”女孩子说，“在那里，我的围巾，一个月还是很干净。在这里，几天就黑了。可是，我对生活，是没有信心的。我每天应付很多生活上的琐事，我有些应付不了。生活，并不像文学作品描写得那样可爱。”

“那还是因为你有病。”我用非常同情的口吻说，“生活就是生活，它不像你想的那样好，可是也不像你想的那样不好。你记着我说的这句话。这不是我的创造，这是我十四岁时，刚上初中，从一本书上，得到的启示。我一生信奉它，对我有很大好处，我现在把它奉送给你。你现在，要离开这个城市，这里对你的病很不利，这里的空气污染，噪音刺激，都很严重。你应该到农村去，呼吸新鲜空气，吹新鲜的风。”

“你叫我去当农民吗？我还没有找到朋友哩！”女孩子忽然有些不安静了。

“不是。”我赶紧解释，“你可以请假去，碍不着你的城市户口，也不耽误你找对象。我坦白地告诉你，我也得过你这种病症，我们可以说是同病相怜。这种病死不了人，但要换环境。不换环境,很难治好。这个城市,人太多,太拥挤,竞争,也可以说是争夺,必然很厉害。只能促使你的病加剧,不能减轻。你的病需要大量的新鲜氧气。我在一九五六年,得了神经衰弱症,很是严重,我可以说是被迫离开了这个城市。我先到了小汤山疗养院,在那里洗了温泉,吹了由温泉形成的湖泊的风。每天在湖边转,学习屈子的泽畔行吟, 我想屈子那时也是有病。然后我到了青岛,我吹海风,洗海水澡。不分冬夏,不分昼夜,我在海边,呼吸海水发出的新鲜氧气。然后,我又到了太湖,坐在太湖边的大岩石上,像一个入定的和尚,吹着从浩渺的水面,从芦塘、稻田吹过来的风。我一个人坐船到蠡园,到梅园,到鼋头渚……"

"我没有你那个条件。"女孩子忽然插了一句。

"是的。你没有我的条件。治疗这种病当然最好是吹海风,其次是湖泊的风,再其次是河流的风。你农村有亲戚吧?吹吹农村的风,对你也有利。从幼年,我就生活在农村。那里的女孩子们,身体都很好,脸都很红润。整天说说笑笑,生活得快乐无比,她们不会得病,我每天都思念农村,在那里,人与人的间隔大,关系会好得多。"

"那你为什么不回到农村去呢?"女孩子又插了一句。

这个问题,确实不好回答,难住了我。我为什么不回到农村去呢?我可以说,我出来革命,时间太久了,那里没有亲人,无家可归了。或者说,我老了,走不动了。好像都不成道理。我的热心肠,并没有冷下来,我试探着说:

“我可以给你介绍一个女作家,你和她可以谈得很好。”

“你给我介绍谁?”女孩子问。

“你想找谁?”

“我喜欢××的小说。”

“我不认识她。另外,她在北京。我给你介绍一个别人吧,也很有名,又住在本市。”

我拿过信纸来,写道:

“兹介绍×××到你那里,请你和她谈谈文学方面的问题和人生方面的问题。请你多鼓励她,帮助她。”

为了郑重,我又写好一个信封,把信纸装好,交给她。

女孩子一直站在我的身旁,看着我做这些事,并给我改正了一次笔误。她把信收起来,脸上有些笑意,说:

“希望你老人家保重。你说我还应该写作吗?”

“应该,你很聪明懂事,我想你一定写得很好。”我说,“我们生活在现实中间,应该为它做一些有益的工作。”

她又很礼貌地向我告别。

春天的风，还在刮着。

芸斋主人曰：今日虽稍误作业，然能安慰一有病女郎，较之文事，其意义为大矣。余自中年，患神经衰弱，所经医师，率皆初离课堂，查阅讲义，心广体胖，从未失眠，满腹老婆孩子，油盐酱醋。无怪其对病人痛苦，漠然无体验也。三折肱，可以成为名医，从今而后，余或可成为业余脑系科大夫欤！

一九八四年三月四日

一九七六年

老赵，我们姑且叫他老赵吧。其实，那时只有极少数的人，才这样称呼他，表示对他的好感和尊重。多数人在心里还是把他看作走资派、反革命，不理他，暗地唾骂他。老赵不明白，为什么一个人，会一下子从老革命，变成反革命；从最被尊敬的、最被羡慕的，变成最被轻视的人，甚至弄到家破人亡？为什么过去最巴结他的人，现在却反过来欺侮他，对他进行迫害？

一九七六年，对老赵来说，是不平凡的十年中，最不平凡的一年了。在这一年中，除去“大革命”的势力，继续对他进行迫害，使他感到，虽然说是“解放”了，只要不知从哪里吹来一股风，他还可以随时遭到不幸，甚至更意想不到的不幸。在这一年，一位在他“解放”以后，原想他会有出头之日，便从远远的省份，赶来这里和他结合的女同志，又感到他没有出息，使自己失望，远走高飞了。在这一年的七月，又发生了地震，房倒屋塌，他孤身一人，又抢不了地盘，搭不起帐棚，没地方做饭，同院的人都在看他的笑话。

其实，这一切，例如女人离婚，从屋里走出去；老天爷地震，把屋顶塌下来这些事，对于现在的赵某人来说，都是无所谓的，平平常常的，在他的心里，没有引起多大的波动。人生，意外的事情很多，历史上还有比文化大革命使人感到意外的吗？较之文化大革命，不只走一个女人，就是七八级地震，又算什么！

这一两年来，老赵很少想到自杀了。文化大革命开始，他曾自杀一次，没有死掉，以后又多次企图自尽，都没有成功。现在他不想自杀了。一切对他来说，都已经习惯了。一切对他来说，都是现实，他不再追问是为什么了。因此，虽然是这样大的地震，他可以说是泰山崩于前，面不改色，从从容容,最后一个从屋里走了出来。

他自己在院里小山坡上,搭了一个像看禾场的窝棚,那么小的塑料薄膜帐棚,算是安营扎寨。这所宅院,原来很阔气,有园林之美,房舍都是木结构,一律菲律宾式。现在天灾之后,就展开了木料砖瓦争夺战。原来楼顶周围的大方木,在清晨黄昏之时,被当地的房管站,派汽车运走了。人们看到那样好而大的方木,都眼红舌咋地说:一根就能打两个大衣柜!拆下的小椽子,走廊的圆柱、方檩,是院中某些人的争夺对象。有一家的两个儿子,竟动用了消防的大板斧,去砍那尚未震倒的走廊。他们心中有一种先天的优越感,以为遇事都可以无法无天地去干,不用说这些砖木小节,就是杀了人,也会罪减一等的。

老赵呆呆地坐在小帐棚口的一堆山石上,望着院里的大动乱中的小动乱场景。他没有任何感想,也没有丝毫感慨。他是从青年时就参加革命的,他的家庭,虽说不上万贯家财,也可以说是一个小康之家,有不少房产,他都置之不顾,抛妻撇子,奔赴前线。虽说经过长期战乱,老家已经荒芜,他却一向是以四海为家的。可是眼下又变成了这般光景。

现在正是秋雨连绵的季节,白天,他看着同院的人,在那里抢砖头，偷木料，去盖小屋，做衣柜，斧凿之声不断。夜里他听着风声雨声，说梦话做噩梦，大喊大叫……

只有在梦里，他才好像清醒着，在白天，他是麻木不仁的。

不久又传来噩耗，领袖逝世了。政工组来通知他，到灵堂去行礼。他一路踩着瓦砾，到机关大院，在政工组的监视下，对着领袖的遗像行礼如仪，又被留下看电视节目，他都是麻木地、呆呆地站在那里，欲哭无泪。

回到家来，他感到很空虚，很无聊。非常无聊。他每天早晨起来，也跟着同院的人，去捡些砖头，搭一个盛煤球的池子。整砖、好砖，都叫别人拿走了，他就捡些半头砖，甚至够不上半头，还比较整齐的砖，放在自己门口。他没有雄心壮志，不能搭房盖屋，这也就可以了。

渐渐，他也去捡些木料，院里的木料是很多的。这里的住宅，正在进行排险改建，院里堆积着：木料、竹竿、篱笆、油毡、洋灰、沙子，堆者自堆，用者自用，无人管理，无人负责。白天放在院里，夜晚就入了户，成了私人的财产。能者多劳多得，不能者少得少用。老赵最初只是捡些小木块，甚至可以说是陶侃所捡的竹头木屑，都是别人家的锯余之物。他看着方正，不管有多么小，多么无用项，他都捡起来，放到自己的窗台上，准备夏天垫花盆，冬天生炉火。

渐渐，他也偷拿一些较大的木材，当然不是很大的木料，放到屋里去。这些木材也都是比较方正的，光滑的，做一只小板凳，绰绰有余的。他不想拿大木料，也不想做大家具，这不只因为他从小是一个洁身自好的人，也因为他现在的处境，那会罪上加罪。

他觉得这也是一种生活乐趣，就像童年时捕鸟钓鱼一样。他每天起得很早，在院里转悠着，在瓦砾堆里巡视，探测着，以求有所收获。一天没有收获，他就怏怏然若有所失。

他的灵魂，在逐渐地，不知不觉地沉落着。他不再去追悔，也不再去希望，他不再读书，当然更不再写作。还写什么呀！这比他自杀，更可怕些，也更可悲哀些。

这个灵魂沉落的过程，直到"四人帮"覆灭，才得停止，才得到挽救。

"四人帮"覆灭，这一消息的传来，对于造反起家的人们，仿佛又是一次地震。这些人，已经有过一次意外，那就是林彪的叛逃。在那一次消息传来时，首先是机关的军管组长，对老赵表示了从来没有的客气，使当时惶惶然的老赵，受宠若惊。这一次消息传到院里，正赶上有一个造反派头头，在院里监督排险，老赵正在台上垒鸡窝，那头头有些懊丧地对身边几个革命群众说："死了不到一个月，就这样干，这不是给领袖脸上抹黑是什么！当然，有人也会高兴，比如，"他指着蹲在烂砖堆里的老赵说，"他听了就一定高兴。"

老赵悠然地站立起来，他觉得他那失去的灵魂，忽然从地里升起来，传到他的脚跟；又从腿上，传到他的头部。就像保生家做气功一样。他突然觉得头脑清醒，精神大振，他不慌不忙，用充满自信和勇气的口吻，对造反派头头说："对。你说得对，我听了很高兴！"

造反派面面相觑，无可奈何。他们大概也感到自己的好日子快要过完了。

但是，对于老赵来说，他的灵魂的真正复苏，有所作为，还是在三中全会以后。

芸斋主人曰：语云，温不增华，寒不改叶。此非常人所能也。使"四人帮"暴政得再延续，如老赵者，不遭横死，亦必沉沦枯萎矣。语又云，利动春露，害重冬霜。故歌颂当今施政，而诅咒十年动乱也。

一九八四年四月六日

小　D

小D是解放这个城市时的留用人员。他年岁不大，却经历了敌伪、国民党和我们这三个时期的政权。他是一名清洁工，在澡堂和厕所工作，后来也在传达室值班。

他个子矮小，营养不良，脸色干黄，老公嘴。有人说他是大阉，可是听说他已经结婚，还有两个儿子。

这个城市，在旧社会，惯出流氓无赖，号称青皮。小D从小在南市一带长大，自然带有这种习气。解放以后，他看见许多赫赫有名的流氓头子，都被抓去枪毙了，他就有意识地掩饰这一点，工作还是很负责的。

他，其貌不扬，出身虽然算是工人阶级，在这个有三四百人的大机关里，还是一个底层的人物，不大被人重视。他为这一点，内心有很多不平。他想：既然工人阶级是领导阶级，为什么还叫我做这个工作？他并没有向领导提出这个意见。因为他也明白，工作只有分工的不同，却没有什么高下之分。近来，他是学到了一些理论的。

文化大革命开始后，他不过也是观望。后来看到传达室一个同事当了造反的头头，权势很大，他就有些跃跃欲试了。经那个头头的介绍，军管组派他去监督中层干部的劳动和学习，他就走马上任了。

所谓中层干部，就是这个机关的处长、科长一类，有二十来个人。小D每天在五楼顶上的一间房子里，先领导他们站在领袖像前，念几段语录，然后就分配他们去擦地板，清理厕所和浴室。

最初，他还是和这些“中层”一起劳动。给他们做个样子，叫他们学习。他做这些工作，确是熟练，使那些“中层”深为叹服。后来随着政策的越来越“左”，对干部的迫害，越来越重，小D也就不再劳动，只是发号施令，甚至打人骂人了。

在接连“武斗”几个干部之后，小D的心毒手狠，已经在机关内外传开，名声大噪。一些人不再用轻佻的口吻叫他小D，而是改称他D司令。至于那些被审查的“中层”，已经有亲身的体验，对他更是恭敬和惧怕了。

小D的装束，随着他的声势在改变。他不知从哪里弄来一顶鸭舌帽，手里提一个书包，像一个真正的干部模样，每天大摇大摆地走进机关大院。

在进入五楼那间房子的时候，他就更威风了。

这是一九六七年的夏天，小D摘去了鸭舌帽，上身赤膊，穿一件红色的小背心，腰里扎一条南市卖艺人系的那种宽皮带。在他身后，跟着两个“中层”，也就是两个科长级干部，都是大学毕业。左边一个，给小D捧着茶杯和眼镜盒(过去谁也没见过小D戴眼镜，现在因为经常要看文件和检查材料，他又不知从哪里弄来一副眼镜)。右边一个，给小D捧着语录本和笔记本。

这是在门外的情景。在室内，则有一位白发苍苍的总务处长，是进城干部，原来是小D的最高上级，正在给小D摆座椅，擦桌面。这间房子里，既然是牛鬼蛇神的出入场所，当然不会有什么好家具，都是一些破桌子，破椅子。然而小D有一个专用的座椅，他人不能擅用。每天，当小D进来之前，这位老干部，总要亲自检查一下，嘴里还不断抱怨：

“看，你们又把D同志的椅子乱拉乱放，快拿过来，快拿过来！”

这样，小D一进屋，人们就刷地一声站立起来，而且都是心惊胆战的。

他感觉到人们在怕他，人们在巴结他，他很得意，越得意越威风。他是在报复，是对这些人，对这些过去比他地位高、比他富有，他曾经为他们服务过的人，进行报复。不只对这些人，也是对这些人的家属、子女。

他觉得自己的地位，突然升高了，可以说是一夜之间，升到了天际。他有了一种天生的优越感。他想到了上海的王洪文，一个普通的工人，一下子……帝王将相，宁有种乎！他觉得自己的权力很大，威力无边，可以制伏一切人，特别是这些知识分子、大学生、高级干部。

他想尽一切办法捉弄他们，虐待他们，往死的边缘推挤他们。

从此，他除去打骂他们，也渐渐用一些从日本人、国民党那里学来的特务手段对付他们。他开始抄一些人的家，翻箱倒柜，为所欲为，派人跟梢，派人密探，制造一些冤案。以走资派治走资派，他感到得意非常。

半年以后，中层干部被送往干校，他押带前往。在那里，他自己有一间办公室，门口挂一个小木牌：群众专政室。他物色了当地农场一个随娘改嫁三次的，惯于偷盗的青年，当他的助手。每天抱着一根大木棍，跟随护卫着他。

中层干部都睡在牛棚里，从天不亮劳动到天黑。他只是监督着、斥骂着，各处走动着，巡视工作，或是坐在办公室听听密探们的汇报。这一时期，他在训话时，嘴边上总是挂着这样一句话：你们这些人，过去也当过领导，今天我来领导你们……

又过了半年,他门口的小木牌,忽然不见了。紧接着,他带着几个年轻力壮的牛鬼蛇神,拉着小车和别的工具,到几十里地以外去晒大粪。

过了半月,他被调离机关,到一个工厂去当工人。刚到工厂,他还作了一次“讲用报告”。

又过了不久,听说他吞安眠药自杀了。原因不明。有人说,他新交的朋友,另一个地方的造反派头头,常到他家去,霸占了他的老婆。可是,也没有人去追究。

芸斋主人曰:小人得志,不可一世。证之小D,信不诬矣。余曾询之有识之士,当时何以起用此人?彼云:以最卑劣之人物,管制中层以上之干部,乃是对走资派最大之蔑视。余又询:如此无赖,“四人帮”尚在台上,何以遽尔轻生?彼亦摇首不知云。

一九八四年四月二十九日下午

王　婉

我和王婉在延安鲁艺时就认识了，我们住相邻的窑洞。她的丈夫是一位诗人，在敌后我们一同工作过，现在都在文学界。王婉是美术系的学生，但我没有见过她画画。他们那时有一个孩子，过着延安那种清苦的生活。我孤身一人，生活没有人照料。有一年，我看见王婉的丈夫戴着一顶新缝制的八角军帽，听说是王婉做的，我就从一条长裤上剪下两块布，请她去做。她高兴地答应，并很快地做成了，亲自给我送来，还笑着说：

"你戴戴，看合适吗？你这布有点儿糟了，先凑合戴吧，破了我再给你缝一顶。"

她的口音，带有湖南味儿，后来听说她是主席的什么亲戚，也丝毫看不出对她有什么特殊的照顾，那时都是平等的。

进入这个城市以后，她的丈夫和我在作协工作，她在美协和文联工作。我虽然没有见过她的作品，但她待人接物是讨人喜欢的，表现得有点天真。我有一次到她家去，看见她还很能操持家务，房间收拾得井井有条，摆在几案上的一个玻璃鱼缸，里面的贝壳、石子、水藻，清洗得很干净。他们已经有两个孩子，大女儿和我的孩子在一个小学读书。

一九五三年，文艺界出了一个案件，她的丈夫被定为

“分子”。最初,我还以为不过是学术思想上的问题,在开会中间,还为她的丈夫说了不少好话,什么很有才能呀,老同志呀。过了两天,我才知道问题的严重。在我们正开会时,公安局来人,把她的丈夫逮捕了,还有人给诗人抱着铺盖和热水瓶,就是说要去坐牢。我第一次见到这种阵势,可能脸色都吓白了,好在主持会的是冀中来的一个熟人,他说:

“你身体不好,先回去吧。”

我回到家里,满腹牢骚,不断对我的老婆唠叨:

“这算什么呀!一个文艺工作者,犯了什么罪呀!”

我坐立不安,走出转进。我的老婆斥责我:

“你总是好拉横车!”

后来我知道,这一案件,近似封建社会的“钦定”大案,如果主持会的不是熟人,我因在会上说了那些不合时宜的话,也会被牵连进去。

我受了很大刺激,不久,就得了神经衰弱症。

每年过春节,文联总是要慰问病号的。还在担任秘书长的王婉,带着一包苹果,到我家来,每次都是相对默然,没有多少话说。听说主席到这个城市,曾经问过王婉是不是“分子”。那时她已经离婚。

文化大革命开始，王婉受到冲击。她去卧过一次铁轨。后来就听不到她的消息。我的遭遇很坏，不只全家被赶了出去，还被从家里叫出来，带着铺盖和热水瓶关到一个地方。我想到了王婉的丈夫被捕下楼时说的一句话："这也是生活！"我怀疑：这是生活吗？生活还要向更深的地狱坠落。

文化大革命，按照它的歇斯底里个性，疯狂地转动着，我什么消息也不知道。林彪叛逃以后，情形有些变化。这时我听说，王婉是这个城市的大红人，江青不断接见她，她掌握着这个城市的大权。听到这个消息，我没有任何反应。我不想去向任何人求救，我情愿在地狱中了此一生。但不久听说，有人向王婉汇报，说我在干校，一顿能吃两个窝窝头时，王婉曾经大笑起来。又有一位经常往王婉家里跑的老熟人告诉我：王婉曾想到我的住处看我，这位熟人告诉她，我还在被群众专政，恐怕影响不好，她就把这个主意打消了。我无动于衷，我不希望在我的心里，或是在这些新贵的心里，还有什么旧日的情谊萌动。

但随着整个形势的变化，我也算是"解放"了。有一次，王婉召见我，在市委办公大楼。那是个庄严的地方，过去我也很少去。在那里，我见到了王婉的权威。一位高级军官,全市文化口的领导,在她面前,唯唯诺诺,她说一句,他就赶紧在本子上记一句。另一位文官,是宣传口的负责人,在她身边转来转去,斟茶倒水,如同厮役。

我呆呆地坐在一边。

她问了我几句话。我也问了她一句话:

“王婉同志,你今年多大岁数了?”

她可能以为我问的是一句傻话,或者是在女人面前不大礼貌的话,她没有答声。

她叫我当了京剧团的顾问。

这一消息,在那些惯于趋炎附势,无孔不入的小人中间传开,顿时使一些人,对我的看法,有了很大的改变。

“好家伙,王婉接见了他!”

“听说在延安就是朋友呢!”

“一定要当文联主席了!”

因为被折磨得厉害,我的老伴,前不久去世了。有一位在文化大革命中处境艰难,正在惶惶然不可终日的老同志,竟来向我献策:

“到王婉那里去试试如何?她不是还在寡居吗?”

他是想,如果我一旦能攀龙附凤,他也就可以跳出火坑,并有希望弄到一官半职。

这真是奇异的非非之想，我没有当皇亲国戚的资格，一笑置之。我知道，这位同志，足智多谋，是最善于出坏主意的。

主席逝世，“四人帮”倒台之后，王婉被说成是江青在这个城市的代理人，送到干校，还没有怎么样，她就用撕成条条的床单，自缢身亡了。

芸斋主人曰：使王婉当年卧轨而死，彼时虽可被骂为：自绝于人民。然后日可得平反，定为受迫害者。时事推移，伊竟一步登天，红极一时，冰山既倒，床下葬命。名与恶帮相连，身与邪火俱灭。十年动乱，人生命运虽无奇不有，今日思之，实亦当时倒行逆施政治之牺牲品也。

一九八四年五月九日晨

芸斋琐谈

谈文学与理想

××同志：

前两天，我看过了你寄来的小说，并于昨天，托人把剪报给你寄了回去。

这篇小说，生活和人物，都有现实的根据，但出自你的笔下，总给人一种低沉的感觉。我当时想，如果是我这个年岁写的，就合乎逻辑了。你这样年轻，写这种情调的小说，显然是早了一些。

我这种想法，并不合乎创作的规律。每个人的创作道路，不会相同，即使同时代的人，也不会一样，何况我们的年纪相差这样远，经历的道路如此不同？但是，作为一个同行，并对你有良好愿望的我，又好像了解一些你的思绪，你的企图,你的对人生的看法。

说是了解,是相对而言。我曾经对一位青年女作者说:“我不了解你们这一代作家,更不了解你们作品中所写到的,那些比你们更年轻的一代,比如最近我读到的你的一篇小说里面的姐姐和妹妹。”她听了好像还有些不高兴,但我说的是真情实话。这可能和我好多年足不出户,与当代青年接触很少有关。

我了解我们这一代作家, 也比较了解我们上一代的作家。我们这一代和我们上一代的作家,可以说绝大多数是知识分子,他们都有机会上过中学或大学,有的并留学外国。就是说,他们的当作家以前的生活,都是比较优裕的,有比较充实的学识修养。他们本身在执笔以前,并没有经受过什么饥寒之苦。然而他们的作品,却满怀同情劳苦的人民。他们经历的是大动荡,或者说是大变革的时代。比我们老的一代,遇到的是辛亥革命,民主革命。我们自己遇到的,则是民族革命,社会主义革命。

这两代作家,在从事写作之初,接受了世界上先进的革命思潮,受到国内革命力量的影响,加强了他们为人生而艺术的思想和意志。当然也有些作家,自觉地站在革命斗争旋涡之外,但他们的作品,不为当代所重视,因而影响甚微。

这两代作家的作品,在政治思想上,都有明显的倾向性。其中当然又有分别,有站在潮流之前的,有处在潮流之中的,也有远离潮流而只是心向往之的。但他们都是有理想的,有支持自己写作的精神力量的。

这是时代,也可以说是这一时代的政治,对作家的强大的影响。政治与文艺无关的说法,从这两代作家的经历,证明是不可信的。

我青年时期也读过孔孟的书,老庄的书,韩非的书,都研进不深。也读过一些外国不同思想流派的文学作品,包括尼采的作品。也读过吴稚晖的书,梁漱溟的书,周作人的书。后来终于集中精力读新兴社会科学,十月革命文学和鲁迅的书。

这种选择,在当时,并非我一个人,社会上所有从事文学工作的青年人,都在向这方面探索追求。

三十年代初,我在北京流浪时,东安市场小书摊,在晚上都摆出一张马克思的相片。他们知道,凡是来这里买书的人,都从心里向往着革命。高尔基的肖像,对于这些青年,吸引力也很大。

抗日战争时期,我在晋察冀边区工作,唱过从西北战地服务团学来的一首歌,其中有一句:“为了建立人民共和国”,这一句的曲调,委婉而昂扬,我们唱时都用颤音,非常激动。

那时候,引导作家们写作的,就是这些鲜明而有号召力的政治目标,经过无数人的流血牺牲,我们终于建立了中华人民共和国。这是我们这一代作家青壮年时期的历程总结。

我不了解你们这一代作家的学习过程、生活过程和所持理想的形成过程。但我知道,十年动乱,实际上对每个正直的人,都是一种意想不到的大不幸。你们看到了老一代作家的遭遇,老一代也看到了你们一代的遭遇。这种遭遇,不能不影响一个人的思想感情,特别是对于作家。我了解自己在这一时期,思想感情所经历的痛苦磨炼,但我对青年人的思想感情的变化,则所知甚少。作为一个作家,每时每刻,都和国家的命运联系在一起,不管任何处境,他不能不和广大人民,休戚相关。国家、人民的命运,就是作家的命运。

我们这一代,经历了国家和人民的苦难、斗争、曲折艰辛的时期。对作家来说,这很难认定是幸还是不幸。十年动乱是一个大悲剧,但整个历程并非都是悲剧。我不知道,你们这一代,如何评价我们的作品,以及如何看待我们的遭遇。我们遭遇的挫折,不应该引起你们对战斗的文学的失望。

现在,我们这一代,很多人的墓木已拱,有各式各样的下场,现在无须再去谈论它。文学事业正如其他事业,是不会停滞的,是不会间断的,是继往开来的。人民希望能有更多更有为的作家出现。他们和国家人民拥抱在一起,共同呼吸,有共同理想。

作家没有理想,就常常走到虚无主义那里去。虚无主义本身又永远不能成为一种人生的理想,只能导致作品和作家的沉落。历史上,很多有奇异才华的作家,就是在这个深渊里消失了。虚无主义不能成全作家。

在经历种种忧患之后,我时常警惕自己。

历史和现实,在不断运转,不断前进。推动历史,反映现实,作家有一份力量,但不能妄自尊大,以为自己会有多么了不起的作用。

忧国忧民,是中国文学的一个显著的传统。这一伟大传统,从古代歌谣,就充分表现出来了。历代的诗歌、小说、戏剧,都在继承这一传统。今天的作品,尤其需要发扬它。这是时代的大主题。

尊重和发扬我们民族的传统，包括文学艺术的传统，对当代的青年作家来说，恐怕是很重要的。

至于处世之间的一些苦恼，个人生活中的一些不愉快，这是随时都可以发生的。处理这些问题，最好用中国哲学的方法。不然就徒伤心神，无补实际。读书是用来帮助自己前进的，无论舟楫车轮，都可利用。

总之，多读一些中国历史，包括文学史，多读一些中国文学典籍，就会知道我们的民族是伟大的，历代产生的作家，遭遇虽多不幸，他们的工作，是无愧于自己的民族的。愿你多读多写。

一九八三年八月二十七日晨

谈 改 稿

传说《吕氏春秋》成书后，悬之国门，千金不能易一字。我常想：这可能是一种神话。事实上，任何人的文章，不会一个字也动不得。但又听说，当代有一位作家，前些年，他的一篇文章，被选入中学课本。编辑认为有一个字，需要改动一下，他不接受，请叶圣陶去和他说，他仍坚持不改，而终于改不成。这真的成为千金不易一字了。我不知道是一个什么字,所以也无法评议其是非。

如果关于吕氏之书的传说,是为了说明这部书,经过作者反复推敲修改,文字上已经完美无缺,没有多少指责的余地,那是可以理解的。对后来的作者,也是有教育意义的,但绝非说一个人的文章,就可以做到一个字也不能改动。

“敝帚自珍”也是我们的一句老话。又有人说,人们偏爱自己的作品,像偏爱自己的孩子一样。但不管如何自珍与溺爱,总还是允许别人有所非议挑剔,当然,也要看非议挑剔得是否得当。

别人大砍大削我的文章,特别是已经发表过的文章,例如《荷花淀》,一处就删去八行,二百余字,这是我写过文章,表示过抗议的。前几年,有一位中学老师为一个部门编选业余教材,选上了《山地回忆》,寄来他对此文的修改清样。只是第一段,我就看到,他用各种符号,把原来文字,删来改去,勾画得像棋盘上走乱了的棋子一样。我确实是非常不愉快了。我想:我写的文章,既然如此不通,那你何必又去选它呢?

但是,对于编辑部提出的,个别文字的修改,我从来是认真考虑,虚心接受的。因为我知道,我的修辞造句的功夫,并非那么深厚。

现在,大家又在推崇我们古代文字之美了,都在欣赏古文古诗。那些作品,读起来就是好,也真有它们的生命力。我体会到,古人的这些传世之作,其产生,固然因为作家的才力,更多的,恐怕是他们修改的功夫。他们的文章,篇幅都很短小,但绝不是一挥而就,就认为尽善尽美。而是改过若干次,即不是一次两次。传说王勃是才子,他的名作《滕王阁序》,也不会是没有修改就定稿的。

古人写了文章,很多是贴在墙上,来回地念诵,随时更易其文字。寄给朋友们看,征求意见。十天半月甚至半年一年的在那里用功。每一个字都印在心里。是这样写文章的。

越到老年,我越相信:好文章是改出来的这句话。如果我们读书,不只读作家的发表之作,还有机会去研究他们的修改过程,对我们一定有更多的好处,可惜这方面的资料和书籍,很少很少。

一九八三年九月七日

谈读书

读书，主要靠自学。记得上中学时，精力旺盛，读书最多，也最专心。我们的国文老师，除去选些课文，在课堂给我们讲解外，就是介绍一些参考书，叫我们自己在课外去选择、去阅览。

文学非同科学，有时是可以无师自通的，只要个人努力。读书也没有准则，只有摸索着前进。读书和自己的志趣有关，一个人的志趣，常常因为时代、环境的变化，而有所改变。所以，就是师长给你介绍的书，也不一定就正中你的心意，正合你当时的爱好。

例如鲁迅先生给许世瑛开的十部书，是很有名的。但仔细一想，许世瑛那时年纪还小，他能读《全上古……文》或《四库全书总目》那类的古书吗？会有兴趣吗？但开这样一个书目，对他还是有好处的。使他知道：人世间有这样几部书，鲁迅先生是推重这些作品的。

现在，也常常有人叫我给他开个书目之类的单子，我是从来不开的。迫不得已，我就给他开些唐诗古文之类的书,这是书林中的菽粟,对谁也不会有害处的。我想:我读过的,你不一定去读,也不一定爱好。我没有读过的好书多得很。而我读书,是从来没有计划,是遇到什么就读什么的。其中,有些书读了,确实有好处,有些书却读不懂,有些书虽然读过了,却毫无所得。

根据以上这个经验,我后来读书,就知道有所选择了。先看前人的读书提要,了解一下书的作者及其内容。而古人的读书笔记,多是藏书记,只记他这本书,如何得来,如何珍贵,对内容含义,缺少正确的评价,这就只好又去碰了。

“开卷有益”,我常常这样安慰自己。

我的习惯,选择了一本书,我就要认真把它读完。半途而废的情况很少。其中我认为好的地方,就把它摘录在本子上。我爱惜书,不忍在书上涂写,或做什么记号,其实这是因小失大。读书,应该把随时的感想记在书眉上,读完一本,或读完一章,都应该把内容要点以及你的读后意见,记在章尾书后,供日后查考。读古书,这样做方便一些,因为所留天地很大,前后并有闲纸,现在印书,为了节省纸张,空白很少,只好写在纸条上,夹在书里面。不然年深日久,你读过的书就会遗忘,等于没有读。古人读书,都作提要,对作者身世、著作内容,作简要的叙述和评价,这个办法，很值得我们读书时取法。

青年人读书，常常和政治要求、文坛现状、时代思潮有关；也常常和个人遭遇，思想情绪有关。然而，总的趋势，是向前发展的，不是一成不变的。老年人的爱好，常常和青年人的爱好不大一样，这是很自然的，也不要相互勉强。

比如，我现在喜欢读一些字大行稀，赏心悦目的历史古书，不喜欢看文字密密麻麻，情节复杂奇幻的爱情小说，但这却是不能强求于青年人的。反过来说，青年人喜欢看乐意写的这样的小说，我也是宁可闲坐一会儿，不大喜欢去读的。

一九八三年九月八日晨雨

谈修辞

我在中学时，读过一本章锡琛的《修辞学概论》，也买过一本陈望道的《修辞学发凡》。后来觉得，修辞学只是一种学问，不能直接运用到写作上。

语言来自生活，文字来自书本。书读多了，群众语言听得熟了，自然就会写文章。脑子里老是记着修辞学上的许多格式,那是只有吃苦,写不成文章的。

古书上有一句话:修辞立其诚。这句话,我倒老是记在心里。

把修辞和诚意联系起来,我觉得这是古人深思熟虑,得出来的独到见解。

通常,一谈到修辞,就是合乎语法,语言简洁,漂亮,多变化等等,其实不得要领。修辞的目的,是为了立诚;立诚然后辞修。这是语言文字的辩证法。

语言,在日常生活中,以及表现在文字上,如果是真诚感情的流露,不用修辞,就能有感人的力量。

"情见乎辞",这就是言词已经传达了真诚的感情。

"振振有辞","念念有辞",这就很难说了。其中不真诚的成分可能不少,听者也就不一定会受感动。

所以说,有词不一定有诚,而只有真诚,才能使辞感动听者,达到修辞的目的。

苏秦、张仪,可谓善辩矣,但古人说:好辩而无诚,所谓利口覆邦国之人也。因此只能说是辞令家,不能说是文学家。作家的语言,也可以像苏秦、张仪那样的善辩,但必须出自创作的真诚,才能成为感人的文学语言。

就是苏秦,除了外交辞令,有时也说真诚的话,也能感动人。

《战国策》载，苏秦不得志时，家人对他很冷淡，及至得志归里，家人态度大变。苏秦曰："嗟乎！贫穷则父母不子，富贵则亲戚畏惧。人生世上，势位富贵，岂可忽乎哉！"这就叫情见乎辞。比他游说诸侯时说的话，真诚多了。也就近似文学语言了。

从事文学工作，欲求语言文字感人，必先从诚意做起。有的人为人不诚实，善观风色，察气候，施权术，耍两面，不适于文学写作，可以在别的方面，求得发展。

凡是这种人写的文章，不只他们的小说，到处给人虚伪造作、投机取巧的感觉，就是一篇千把字的散文，看不上几句，也会使人有这种感觉。文学如明镜、清泉，不能掩饰虚伪。

一九八三年九月八日下午，雨仍在下着

谈评论

评论文章，并不是那么容易，就能写好的。评论一个人难，评论一篇文章同样难。评论一个人，要能知人论世，设身处地。就是要把一个人，同他所处的时代、环境联系起来，才能客观，有可信性。评论一部作品，如果对作家的时代、环境，毫无所知，就作品评作品，其肤浅就可想而知了。

近年评论红楼梦的学者们，对于曹雪芹所处的时代环境，研究得可以说是广泛而周到了。但有些研究，简直与作品风马牛不相及，牵强附会，甚至虚假不可信。用这种资料，去研究作者以及作品，那也将是徒劳无益，甚至有害的。评论作品要靠对作家的了解，但如果了解得不准确，而自以为是，写出来的评论，就会更糟。

几十年来，在这个文艺圈子里，我们看到过或经受过各样的文艺评论。有些是声讨式的一篇大文，赫然出现在大报上，情况严重，声势浩大，立刻使所有执笔为文者，及其家属亲朋，都感到战栗。有些是吹捧式的，一部作品，经权威者发见，推崇备至，封为一流，遂使万人空巷，钟鼓齐鸣。这是两个极端，时间已证明多为荒谬，可以不必再去谈它。

党的三中全会以后，实事求是的文艺批评，重新为人们所提倡。但因为积重难返，真正做到这一点，还是很不容易的。鉴于过去棒喝主义的恶果太惨重，声讨式的评论文章，近来确是不常见了。吹捧式的评论，其数量虽不见减少，其程度——即吹捧的调门，却有渐渐降低的趋势。

一般说来，目前的文艺批评，总的缺点，还是忽视艺术分析。具体说来，有如下几个方面：

一、架子太大，识见平常。很多文艺评论，文章很长，间架很大。好像不如此，不足以称为文学评论似的。这是一种传统习惯，而表现在文艺评论家那里，尤其显著。文章的规模，他们取法于古典批评家，而细观其学识和见解，又多不相称。

二、人云亦云，角度一样。读关于某一作家的评论，常感到这一点。当然谈的是一个人的作品，会有相同内容。但是在艺术分析方面，甚至所用词句方面，雷同之处甚多，读起来就缺乏兴味了。着眼的角度，也大体一致。不能另开途径，探讨新的领域，以丰富对这一作家的研究。

三、争执不下，没有准绳。现在，对于过去说是“有问题的作品”，叫做“有争议的作品”。在讨论时，总是有两种完全对立的意见：甲说很坏；乙说很好。争执一通，无结果而散。这就叫做争鸣吗？任何事物，总有一个衡量标准，定其质量。现在评论文章，不大提政治标准了。其实历代文艺批评，并非完全不顾政治。艺术标准，也不是抽象的，不会是各执一词，就可以罢休的。不能把文艺上的什么主义，或什么流派的主张，各有所好，随便拿来，作为衡量人间一切文艺的尺度。对于艺术,古今中外,总是把现实生活、民族传统、社会效果,作为评价取舍的标准的。

如果一个民族,能以其不断向上的正义的力量,维护着一个人心所向的道德标准;同样,这个民族,也就能维护着一个人民共同认识的艺术标准。

一九八三年九月九日晨

谈 爱 书

上

那天,有一位客人来闲谈。他问:“听说,你写的稿子,编辑不能改动一个字。另外,到你这里来,千万不要提借书的事。都是真的吗?”

我回答说:

关于稿子的事,这里先不谈。关于借书的事,传说的也不尽属实。我喜爱书,珍惜书。要用的书,即是所谓藏书,我确是不愿意借出去的。但是,对我用处不大,我也不大喜欢的书,我是宁可送给别人,不要他归还的。我有一种洁癖,看书有自己的习惯。别人借去,总是要有些污损。例如，这个书架上的杂志和书，院里院外的孩子们要看，我都是装上封套，送给他们。他们拿回去怎样看，我就管不了许多。

即使是我喜爱的书，在一种特殊的时机，我也是可以慷慨送人的。例如抗日战争爆发以后，许多同志都到我家拿过书。大敌当前，身家性命都不保，同志们把书拿出去，增加知识，为抗日增加一分力量，何乐而不为？王林、路一、陈乔，都曾打开我的书箱，挑拣过书籍。有的自己看，有的选择有用的材料，油印流传。这些书，都是我从中学求学，北平流浪，同口教书，节衣缩食买下来，平日惜如性命的。

十年动乱开始，我的书共十书柜，全部被抄。我的老伴，知道书是我的性命，非常难过。看看我的面色，却很冷漠，她奇怪了。还以为我能临事不惊，心胸宽阔呢。当时，我只对她说：

“书是小事。”

有些书，我确是不轻易外借的。比如《金瓶梅》这部书，我买的是解放后国家影印的本子。二十四册，两布函，价五十元。动乱之前，就常常有同志想看，知道我的毛病，又不好意思说。有的人拐弯抹角：

“我想借你部书看。”

我说：

“什么书？新出版的诗集、小说，都在这个书架上，你随便挑吧！”

“不。”他说，“我想借一部旧书看看。”

“那也好。”我心里已经明白七分，“这里有一部新印的《聊斋》。”

他好像也明白了，不再说话。

抄去的书籍还能够发还，正如人能从这场灾难中活过来，原是我意想不到的。但终于说是要落实政策了，但就是不发还这一部。我心里已经有底，知道有人想借机扣下，就是不放弃。过了半年，还是有权者给说了话，才答应给我。这一天，报社的革委会主任，把我叫到政工组的内间。我以为他有什么公事，要和我谈。坐下来后，他说：

“听说要发还你那部书了，我想借去看看。”

“可以。”他是革委会主任，我不便拒绝，说，“最好快一些，另外，请不要外传。”

政工组到查抄办公室，把书领回来，就直接交到他手里去了。那是我未曾触手的一部新书，还好，他送给我时，污损不大。时间也不太长。我想他不一定通读，而是选读。

过去，《金瓶梅词话》的洁本出版以后，北平书摊上，忽然出现一本小书,封面上画着一只金色的瓶子,上面插着一枝梅花,写着“补遗”二字。定价高昂,对于只想看“那一部分”的读者,大敲竹杠。我很后悔没有买下一本,应付来借这部书的人们。

客人又问:

“从你写的一些文章看,你的家庭,并不是书香门第,那你为什么从幼年就爱上了书呢?”

我答:我幼年时,我家里,可以说是一本书也没有。我的父亲,只念过二年私塾,然后经招赘在本村的一个山西人,介绍到祁州(后来改称安国县)一家店铺去学徒。家境很不好,祖父一直盼望父亲,能吃上一点股份,没有等到就去世了。祖父的死,甚至难以为葬,同事们劝父亲“打秋风”,父亲不愿,借贷了一些钱,才出了殡。这是母亲告诉我的。父亲没有多读书,但看到我的兄弟们都已夭伤,我又多病,既不能务农,又因娇惯也不能低声下气去侍候人——学徒。眼下家境好些了,所以决定让我读书。我记得从我上学起,父亲给我买过一部《曾文正公家书》,从别人要来一本《京剧大观》,还交给过我一本他亲手抄录的、本县一位姓阎的翰林,放学政时在路途上写的诗。父亲好写字,家里还有一些破旧的字帖。

我的书都是后来我做事，慢慢买起来的，父亲也从不干预。但父亲很早就看出我是个无能之辈，不会有多大出息，暗暗有些失望了。

下

我喜爱书，在乡里也小有名声。我十七岁，与黄城王姓结婚。结婚后的年节，要去住丈人家。这在旧社会，被看作是人生一大快事，与金榜题名、作品获奖相等。因为到那里，不只被称作娇客，吃得很好，而且有她的姐妹兄弟，陪着玩。在正月，就是大家在一起摸纸牌。围在一起，说说笑笑，打打闹闹，其乐可以说是无穷的。但我对这些事没有兴趣。她家外院有一间闲屋，里面有几部旧书，也不知是哪一辈传流下来的，满是灰尘。我把书抱回屋里，埋头去看。别人来叫，她催我去，我也不动。这样，在她们村里，就有两种传说：老年人说我到底是个念书人；姑娘们说我是个书呆子，不合群。

我的一生，虽说是与书结下了不解之缘，中间也有间断。一九五六年秋末，我得了严重的神经衰弱症。经过长期失眠，我的心神好像失落了，我觉得马上就要死，天地间突然暗了一色。我非常悲观，对什么也没有了兴趣，平日喜爱的书，再也无心去看。在北京的一家医院医治时，一位大夫曾把他的唐诗宋词拿来，试图恢复我的爱好，我连动都没动。三个月后，我到小汤山疗养院。附近有一家新华书店，里面有一些书，是城里不好买到的，我到那里买了一部《拍案惊奇》和一本《唐才子传》，这证明我的病，经过大自然的陶泄，已经好了许多。

半年以后，我又转到青岛疗养。住在正阳关路十号。路两旁是一色的紫薇花树。每星期，有车进市里，我不买别的东西，专逛书店。我买了不少丛书集成的零本，看完后还有心思包扎好，寄回家中。吹过海风，我的身体更进一步好转了。

十年动乱，我的书没有了，后来领到一小本四合一的红宝书。第一次开批判会，我忘记带上，被罚站两个小时，从此就一直带在身上，随时念诵。一是对领袖尊敬，二是爱护书籍的习惯没改，这本小书，用了几年，还是很干净整齐。别人的，都摸成黑色了。

客："可不可以这样说：你的有生之年，就是爱书之日呢？"

我说：这也很难说。我的书，经过几次沧桑，已如上述。书籍发还以后，我对它们还是有一种久别重逢的感情的。

从今年起,我对书的感情渐渐淡漠了,不愿再去整理。这恐怕是和年岁有关,是大限将临的一种征兆。也很少买书了。前些天,托人买了一部《文苑英华》,一看字缩印得那样小,本子装订得又那样厚,实在兴趣索然。本来还想买一部《册府元龟》的,也作罢了。

我的生平,没有什么其他爱好。不用说声色犬马,就是打扑克、下象棋,我也不会。对于衣食器用,你都看见了,我一向是随随便便,得过且过的。但进城以后,有些稿费,既对别的事物无多需求,旧习不改,就想多买书。其实也看不了许多,想当一个藏书家。文化大革命期间,有人说我是聚浮财,有人说我是玩书。玩人丧德,玩物丧志,玩书又将如何呢?这就很难说清楚了。黄丕烈、陆心源都是藏书家,也可以说都是玩书的人。不过人家钱多,玩得大方一些,我钱少,玩得小气一些。人无他好,又无他能,有些余力,就只好爱爱书吧。

我死以后,是打算把一些有用的书,捐献给国家的,虽然并没有什么珍本。不过包书皮上,我多有糊涂乱写,想在近期清理一下,以免贻笑后世。

一九八三年九月十九日夜记

爱书续谈

客:读书首先要知道爱书。不过,请原谅,像你这样爱书,体贴入微,一尘不染,是否也有些过火,别人不好做到呢?

答:是这样,不能强求于人,我也觉得有些好笑。年轻时在家里读书,书放在妻子陪嫁的红柜里。妻子对我爱书的嘲笑,有八个字:“轻拿轻放,拿拿放放。”书籍是求知的工具,而且只是求知的手段之一,主在利用。清朝一部笔记里说:到有藏书的人家去,看到谁家的书崭新,插架整齐,他家的子弟,一定是不读书,没有学问的。看到谁家的书零乱破败,散放各处,这家的子弟,才是真正读书的人。这恐怕也是经验之谈。我的书,我喜爱的书,我的孩子们是不能乱动的。我有时看到别人家,床上、地下、窗台、厕所,到处堆放着书,好像主人走到哪里,坐在何处,随时随地,都可以拿起来阅读,也确实感到方便,认为是读书的一种好方法。但就是改不了自己的老习惯。我的书,看过以后,总是要归还原处,放进书柜的。中国旧医书上说有一种疾病，叫做“书痴”，我的行为，庶几近之。

客：这也难说。我看你在日常生活中，不只对书，对什么东西，也是珍惜，不肯抛废。这是否和长期过艰苦生活有关呢？

答：我们已经谈过，我自幼家境并不好，看到母亲、妻子终日织纺，一粒粮食，得来不易，我很早就养成了一种俭朴的生活习惯，有时颇近于农民的吝惜。直到现在，还是如此，我已经描写在一篇小说之中，作为自嘲。

抗日战争和解放战争期间，我离乡背井，可以说是穷到一无所有。行军时，只有一根六道木棍子和一个用破裤子缝成的所谓书包，是我唯一的私有财产。我对它们也是爱护备至，唯恐丢掉。特别是那根棍子，就像是孙悟空手里那根金箍棒一样，时刻不离手，从晋察冀拿到延安，又从延安拿到华北。你看，人总是有一点私有观念，根深蒂固，即使只剩下一点破烂，也像叫花子，不肯放下那根破枣木棍儿。但是，就在这种情况下，我的破书包里，还总是带着一本书，准备休息时阅读。我带过《毁灭》、《呐喊》、《彷徨》，也带过《楚辞》和线装的《孟子》。那时行军，书带多了，是走不动的，我就选择轻便的书带上。

客：你读书，有没有目的性？或者说，从什么时候开始，你的读书,才是自觉的,有所追求的呢?

答:幼年读书,可以说是没有目的的,上小学是为了识字,看小说,是叫做看闲书。《红楼梦》、《封神演义》,是我在本村借来看的。如果说读书,是为了追求什么,那应该从我读高中说起。这时,我已经十九岁,东北“九一八”事变,上海“一·二八”战事,接连发生,这是国家民族的处境。我个人的处境是初中毕业,没有生活出路,父亲又勉强叫我再上二年高中。高中毕业以后,又将如何,实在茫然。人在青年,对国家,对家庭,对周围环境,对个人,总是有很多幻想,很多希望与失望,感慨和不平的。但我并没有斗争的勇气,也没有参加过什么实际的革命活动。我处在一种隐隐的忧闷之中彷徨不定,想从书本上,得到一些启示,一些安慰,一些陶醉。

读书是一种文化活动,文化活动总是带有时代特点。青年读书,总是顺应时代思想的潮流的。这一时期,我读了大量的新兴社会科学和新兴革命文学的书籍,这对于我后来参加抗日战争,无疑是一种起主导作用的推动力。所以说,二十岁上下时的读书,虽然目的性并不明确,但对国家民族的解放和进步,对自身生活、思想的解放和进步的向往和追求,还是有意识的,而且是很强烈的。

我应该感谢书籍,它对我有很大的救助力量。它使我在青春期,没有陷入苦恼的深渊,一沉不起。对现实生活,没有失去信心。它时常给我以憧憬,以希望,以启示。在我流浪北平街头,衣食不继时,它躺在街头小摊上,蓬头垢面与我邂逅。风尘之中,成为莫逆。当我在荒村教书时,一盏孤灯,一卷行李,它陪我度过了无数孤独的夜晚,直到雄鸡晓啼。在阜平草棚,延安窑洞,它都伴我枯寂,给我营养,使我奋发。此情此景,直到目前,并无改变。一往情深,矢志不移,白头偕老,可谓此矣。我对它珍惜一点,溺爱一点,也是情理之常,不足为怪了。

一九八三年九月二十二日

我和古书

我的读书过程,可以分成几个阶段。从小学到初中,可以说是启蒙阶段,接受师长教育。高中到教书,可以说是追求探索阶段。抗日战争到解放战争,可以说是学以致用阶段。进城以后,可以说是广事购求,多方涉猎,想当藏书家的阶段。

可以从第三阶段说起。抗日战争时期，在冀中区，我们油印出版过一些小册子，其中包括苏联十月革命以后的文艺创作和新的文学理论。这些书，都是我在三十年代研究和学习过的。我所写的文艺方面的论文和初期的创作，明显地受这些理论和作品的影响。例如我的第一篇小说《一天的工作》和第一篇论文《现实主义文学论》。所以说，这是“学以致用”的阶段，我们在这一时期的工作，虽然幼稚，但今天看起来，它在根据地的影响，还是很深远的。

我在三十年代初，所学习的文艺方面以及社会科学方面的知识，都尽量应用在抗日工作中去，献出了我微薄的力量。另外，在实际工作中，又得以充实自己，发展所学，增长了工作的能力。

为什么进城以后，我又爱好起古书来呢？

我小的时候，上的是“国民小学”，没有读过“四书五经”。不知为什么，总觉得是一个缺陷。中学时，我想自学补课，跑到商务印书馆，买了一部四书，没有能读下去，就转向新兴的社会科学去了。直到现在，很多古籍，如不看注，还是读不好，就是因为没有打下基础。初进城时，薪俸微薄，我还是在冷摊上买些破旧书，也包括古籍，但是很零碎，没有系统。以后，收入多了一些，我才慢慢收集经、史、子、集四方面的书，但也很不完备。直到目前，我的二十四史，还缺《宋书》和《南齐书》两种，没有配全。认真读过的，也只有《史》、《汉》、《三国志》和《新五代史》几种。《资治通鉴》，读过一部分，《纲鉴易知录》通读过了。近人的历史著作，如夏曾佑的《中国古代史》，吕思勉的《隋唐五代史》、《清史纲要》等，也粗略读过。我还买一些非正史，即所谓载记一类的书：《十六国春秋》、《十国春秋》、《吴越备史》、《七家后汉书》等等。但对我来说，程度最适合的，莫过于司马光的《稽古录》。我买了不少的明末野史，宋人笔记，宋人轶事，明清笔记，都与历史有关。

《世说新语》一类的书，买得很多，直至近人的新世说。我喜爱买书，不只买一种版本，而是多方购求。《世说新语》，我有四种本子，除去明刊影印本两种，还有唐写本的影印本，后来的思贤讲舍的刻本。《太平广记》也有四种版本：石印，小木版，明刊影印，近年排印。《红楼梦》、《水浒》，版本种类也有数种，包括有正本、贯华堂本。还有《续水浒》，《荡寇志》。

各代文学总集，著名作家的文集，从汉魏到宋元，经过多年的搜集，可以说是略备。明清的总集别集，我没有多留心去买。我对这两朝的文章，抱有一点轻视的成见。但一些重要思想家、学术家和著名作家的书，还是买了几种。如黄梨洲、崔东壁、钱大昕、俞正燮、俞樾等。一些政治家，如徐光启、林则徐的文集，我也买了。钱谦益的两部集子也买了。

近代学者梁启超、章太炎，我买了他们的全集。王国维，我买了他的主要著作。近人邓之诚、岑仲勉的关于历史和地理的书，我也买了几种。黄侃、陈垣、余嘉锡的著作，也有几种。

我的藏书中，以小说类为最多，因为这有关本行。除去总集如《太平广记》、《说郛》、《顾氏文房小说》以外，张之洞的《书目答问》，小说家类，共开列三十六种，我差不多买齐了。其次是杂史类掌故之属，《书目答问》共开列二十一种，我买了一半多。再其次是儒家考订之属，我有二十六种。

刚进城时，新旧交替，书市上旧书很多，也很便宜。我们刚进来，两手空空，大部头的书，还是不敢问津。《四部丛刊》，我只是在小摊上，买一些零散的，陆续买了很多。以后手里有些钱，也就不便再买全部。因此，我的《四部丛刊》，无论初、二、三编，都是不全的，有黑纸的，也有白纸的，很不整齐。廿四史也同样，是先后零买的，木版、石印、铅印;大字、小字、方字、扁字,什么本子也有。其中以《四部备要》的本子为多。《四部备要》中其他方面的书,也占我所藏线装书的大部分。

谱录方面的书,也有一些,特别是书目。

我买书很杂,例如有一捆书(我的书自从抄家时捆上,就一直沿用这个办法) 的书目为:《黄帝内经素问》,《桑蚕粹编》,《司牧安骥集》,《考工记图》,《郑和航海图》,《营造法式》,《花镜》……这并非证明我无书不读,只是说有一个时期,我是无书不买的。

一九八三年九月二十七日

我中学时课外阅读的情况

从一九二六年起,我在保定育德中学读书六年(初中四年,高中二年)。回忆在那一时期的课外阅读,印象较深的,有以下几个方面:

一、读报纸:每天下午课毕,我到阅览室读报。所读报纸,主要为天津的《大公报》和上海的《申报》,也读天津《益世报》和北平的《世界日报》,主要是看副刊。《大公报》副刊有《文艺》,《申报》有《自由谈》。前者多登创作,沈从文主编。后者多登杂文,黎烈文主编。当时以鲁迅作品为主。

二、读杂志:当时所读杂志有《小说月报》、《现代》、《北斗》、《文学月报》等,为文艺刊物,多左翼作家作品。《东方杂志》、《新中华》杂志、《读书杂志》、《中学生》杂志等,为综合杂志。当时《读书杂志》正讨论中国社会史问题,我很有兴趣。也读《申报月刊》和《国闻周报》(《大公报》出版)。

三、读社会科学:读了《政治经济学批判》、《费尔巴赫论》、《唯物论与经验批判论》等经典著作,以及当时翻译过来的苏联及日本学者所著经济学教程。如布哈林和河上肇等人的著作。

四、读自然科学:读《科学概论》、《生物学精义》,还读了一本通俗的人类发展史,书名叫《两条腿》,北新书局出版。

五、读旧书:读《四书集注》、庄子、孟子选本,楚辞、宋词选本。以及近代人著文言小说如《浮生六记》、《断鸿零雁记》等。

六、读文化史:先读赵景深《中国文学小史》,王冶秋《新文学小史》(载于《育德月刊》)、杨东莼《中国文化史》、胡适《白话文学史》、冯友兰《中国哲学史》。《欧洲文艺思潮》、《欧洲文学史》，日人盐谷温、青木正儿等人的有关中国文学著作。

七、读小说散文：《独秀文存》、《胡适文存》，鲁迅、周作人等译作，冰心、朱自清、老舍、废名作品，英法小说、泰戈尔作品。后来即专读左翼作家及苏联作家小说。

八、读文艺理论：读《文学概论》及当时文坛论战的文章，如鲁迅与创造社一些人的论战，后来的《文艺自由论辩》，及中外人写的唯物史观艺术论著。日本厨川白村、藏原惟人、秋田雨雀的著作，柯根《伟大的十年间文学》等。

九、读文字语言学：陈望道《修辞学发凡》，杨树达《词诠》，穆勒《名学纲要》，即逻辑学。

十、读人生观、宇宙观方面的书：记有吴稚晖、梁漱溟著作，忘记书名。

以上所记，主要是课外读物，多由教师介绍指导。中学生既无力多买书，也不大知道应该买哪些书，所以应该利用学校中的图书馆，并请教师指导。向同学师长借阅书籍，要按期归还，保持清洁。

一九八三年十月四日

谈“打”

我住的屋子,是旧式建筑。虽然高大,但采光不好,每到生炉子以前这一段时光,阴冷得很不好过。夜晚看书,也要披上一件大棉袄。

这件大棉袄,也很有年代了。是一九六六年冬天,老伴为我添制,应付出去“开会”穿的。在当时,这还算是时兴式样,现在很少见到有人穿了。我第一次穿着它去“开会”时,还有革命群众看不惯,好像说我没有资格再穿一件新棉袄。后来我就很少穿它,只穿一身破烂不堪像叫花子一样的衣服。

其实是枉然的。我眼前的文章,写的是赵树理的“最后五年”。说他只是回答了一句问话,就被一个素不相识的、五大三粗的汉子,当胸击了一拳,赵应声倒地,断了三根肋骨,终于造成他的死亡。

哪里来的这么大的仇恨?是出自无产阶级感情吗?好像又不是。因为文章说这只是一个“恶棍”。

一个恶棍,一拳打断一个作家的三根肋骨。在当时,这被称作“革命”，现在读到这里，确是不能不感到身上有些发凉了。

在那些年月里，说句良心话，我是没有挨过多少打的。只是在干校单独出工时，冒犯了当地农场的几个坏孩子，当我正在低头操作时，一块馒头大小的碎砖飞来，正中我的头顶，如果不是戴着一顶棉帽，很可能脑浆飞迸，当场死亡了。

那时我被定上了一些罪名。有些人定我为某某“黑帮”，这是出于他们的“常识”，且不去谈它。又说我是某某和某某的死党。前者为本市的文教书记，后者为宣传部的副部长。这个罪名，一直延续到“文革”后期，好像是定论似的。最后一次叫我写材料，那位办事人还惋惜地说：

“看，和他们搞到了一起！”

对此，我从来没有辩解过，只是沉默着。我渐渐明白，这完全是一些人的政治权术。他们从以上两位得到的实惠，要比我多，关系也密切得多，却反过来说我是死党。那时候，革命群众要保一些人，也要打倒一些人。作家是没有人保的。保你干什么？你不过是一个作家，能给人家什么好处？打倒你，得罪了你，你也不过是一个作家，能有什么权力报复？所以，作家被首先打倒，这是理所当然的事。

其实，他们也知道，我这个人落落寡合，个人主义严重，是很难与人结为死党的。

以上是对保与打的一般理解。但对那些打手的心理状态，又如何分析呢？我初步揣想，可能有以下几种情况：

一、对共产党有刻骨仇恨，借机报复。

二、不逞之徒想因缘林彪“四人帮”的政策上台，捞一官半职。

三、流氓无赖打蹭拳、充威风。

如果遭害者是一个作家，还有一种心理激动，那就是嫉妒。进城以后，有稿费一说，遂使一些人认为作家一行是摇钱树，日进斗金。羡慕非常，再加上江青倡言稿费是“不义之财”，乃打出手，以快其意。

其实像赵树理这样的作家，虽承担有钱的虚名，在他有生之日，是没有什么金钱欲，也没有享受过什么物质福的。他追求的是艺术成就，衣、食、住、行，都不及其他行当的人讲究。而一遇什么运动，他却常常被首先揪出示众，接连不断地作检讨。

赵树理的最后五年，过去又有好多岁月了。我想，像那个“五大三粗”的人，生活得还是很好的，也不会有什么忏悔之意吧。他可能打了一些人，也可能还保了一些人。

这就很难说了。

看书看到这里,就越感到当前政治清明,太平盛世的可贵了。向前看吧!

一九八三年十月二十二日

改稿举例

这里说的改稿,不是我自己修改稿件,也不是我给别人修改稿件。是我近年给报刊投稿,编辑同志们,给我修改稿件。

他们这些修改,我都认为很好,我没有任何异议。在把这些文章编入集子的时候,我都采纳了他们的修改。

现就记忆所及,例举如下:

(一)《文集自叙》。这篇稿子,投寄《人民日报》。文章有一段概述我们这一代作家的生活、学习经历,涉及时代和社会,叙述浮泛,时空旷远。大概有三百余字,编辑部给删去了,在文末有所注明。在编入文集时,就是用的他们的改样。

因为,文章既是自叙,当以叙述个人的文学道路、文学见地为主。加一段论述同时代作家的文字,颇有横枝旁出之感。并且,那篇文章,每节文字都很简约,独有这一节文字如此繁衍,也不相称。这样一删,通篇的节奏,就更调和了。

(二)《谈爱书》。是一篇杂文。此稿投寄《人民日报·大地》。文中有一节,说人的爱好,各有不同。在干校时,遇到一个有"抱粗腿"爱好的人,一见造反派就五体投地,甚至栽赃陷害他以前抱过、而今失势的人。又举一例,说在青岛养病时,遇到青年时教过的一位女生,常约自己到公园去看猴子。文约二百余字,被删除。

既是谈爱书,以上二爱,与书有何瓜葛?显然不伦不类。作者在写作时,可能别有寓意,局外人又何以得知?

(三)《还乡》。此篇系小说,投寄《羊城晚报·花地》。文中叙述某县城招待所,那位不怎么样的主任,可能是一位局长的夫人。原文局长的职称具体,编辑给改为"什么局长"。这一改动,使具体一变而为笼统,别人看了,也就不会往自己身上拉,感到不快了。

其他为我改正写错的字,用错的标点,就不一一记述了。

(四)《玉华婶》。此篇亦系小说,投寄《文汇月刊》。文中曾记述:玉华婶年老了,她的儿媳们都不听她的话,敢于和她对骂。"并声称要杀老家伙的威风。"登出后,此句被删去。乍一看,觉得奇怪,再一想:这些年来,"老家伙"三字,常与"老干部"相连,编辑部删去,不过是怕引起误会。

这样说,好像编辑部有些神经过敏,过于谨小慎微了。其实不然。我认为:文艺领域就是个敏感的场所,当编辑的麻木不仁,还真担负不起这一重要职务。现在认真回想,我在写这一句话的时候,也未始没有从"老家伙",联想到"老干部",甚至联想到自己。编辑部把这一句话删去,虽稍损文义,我还是谅解其苦衷的。

(五)《吃饭的故事》。此篇系散文,投寄《光明日报·东风》。登出后,字句略有删节。一处是:我叙述战争年代,到处吃派饭,"近于乞讨"。一处是:我叙述每到一村,为了吃饭方便,"先结识几位青年妇女",并用了"秀色可餐"一词。前者比喻不当,后者语言不周密,有污染之嫌。

我青年时,初登文域,编辑与写作,即同时进行。深知创作之苦,也深知编辑职责之难负。不记得有别人对自己稿件稍加改动,即盛气凌人的狂妄举动。倒是曾经因为对自己作品的过度贬抑菲薄,引起过伙伴们的不满。现在年老力衰,对于文章,更是未敢自信。以为文章一事,不胫而走,印出以后,追悔甚难。自己多加修改,固是防过之一途,编辑把关，也是难得的匡助。文兴之来，物我俱忘，信笔抒怀，岂能免过？有时主观不符实际，有时愤懑限于私情，都会招致失误，自陷悔尤。有识之编者，与作者能文心相印，扬其长而避其短，出于爱护之诚，加以斧正，这是应该感谢的。当然，修改不同于妄改，那些出于私心，自以为是，肆意刁难，随意砍削他人文字的人，我还是有反感的。外界传言，我的文章，不能改动一字，不知起自何因。见此短文，或可稍有澄清。

一九八三年十二月十八日下午

实事求是与短文

现在，有的报刊，有的人，在提倡写短文章了，这是很好的事。

文章怎样才能写得又短又好？有时千言万语也说不清楚；有时说起来也很简单，这就是要“实事求是”。

把实事求是这四个字运用到写作上，正像把它运用到一切工作上，是会卓有成效的。

比如，你要写一篇散文，如果是记叙文，那就先写你亲身经历过的一件事,你长期接近过的一个人。如果是写感想,也必须写你深深体会过的,认真思考过的,对一种社会现象、一个人,或一个事件,确曾有过的真实感想。

这些事件、人物、感想,都在你的身上、心上,有过很深刻的印象。然后你如实地把它们写出来,这就是“实事”。

一般说,实事最有说服力,也最能感动人。但是只有实事还不够。在写作时,你还要考虑:怎样才能把这一实事,交代得清楚,写得完美,使人读起来有兴味,读过以后,会受到好的影响和教育,这就是“求是”。

我们在课堂上,所学的课文,都很短小。初学作文时,老师也是这样教导的,我们也是这样去写作的。可是等到我们想当作家、想投稿了,就去拜读报刊上那些流行文章。那些文章都很长,看起来云山雾罩,也很唬人。正赶上自己的稿件没有“出路”,就以为自己的写法不入时,不时兴,于是就放弃了自己原来所学,追赶起“时髦”来,也去写那种冗长的,浮浮泛泛的,不知所云的文章了。大家都这样写,就形成了一种文风,不易改变的文风,老是嚷嚷着要短,也终于短不下来的文风。

文章短不下来的主要原因, 就是忘记了写作上的实事求是。我们提倡写短文,首先就要提倡这四个字。返璞归真,用崇实的精神写文章。

当然文章好坏，并不单看长短。如果不实事求是,长文也不会写好的。我们这里着重谈的,是如何写好短文。

一九八三年十二月二十四日

谈简要

唐代刘知几的《史通》,是我喜欢的古籍之一种。读过以后,确实受益。能够受益的书,并不是很多的。

这部书主要是谈历史著作，刘知几说:“夫国史之美者,以叙事为工;而叙事之工者,以简要为主。”

刘知几说,叙事可以有四种方法,也可以说是四种途径:“盖叙事之体,其别有四:有直纪其才行者,有唯书其事迹者,有因言语而可知者,有假赞论而自见者。”

他的这些话,是对写历史的人说的,他的要求是:一个内容,用一种途径表达过了,就不要再用其他的途径重复表达了。

我们写文章却常常忽视这一点。比如写一个人物,他的事迹,在叙述中已经谈过了,在对话中又重复一次,或者在抒情中又重复一次,即使语言稍有变化,但仍然是浪费。

时代不同,我们现在当然不能再用《尚书》、《春秋》那样的文字去叙事,勉强那样去做,那倒是一种滑稽的事,是一种倒退。在语言的简练上,也不能像刘知几要求的那样严格,他说:

“始自两汉,迄乎三国,国史之文,日伤烦富。逮晋以降,流宕逾远。寻其冗句,摘其烦词,一行之间,必谬增数字;尺纸之内,恒虚费数行。”

他甚至举出《汉书·张苍传》中的一句话:“年老口中无齿”为例,说:“盖于此一句之内,去年及口中可矣。夫此六文成句,而三字妄加,此为烦字也。”这种挑剔,就有些不近情理了,不足为训。

文字的简练朴实,是文学作品的一种美的素质,不是文学作品的一种形式。文章短,句子短,字数少,不一定就是简朴。任何艺术,都要求朴素的美,原始的美,单纯的美。这是指艺术内在力量的表现手段,不是单单指的形式。凡是伟大的艺术家,都有他创作上的质朴的特点,但表现的形式并不相同。班马著史,叙事各有简要之功;韩柳为文,辞句各有质朴之美。因此才形成不同的风格。

文字的简要的形成,要有师承,要有一个学习的过程和锻炼的过程。一般地说,人越到晚年,他的文字越趋简朴,这不只与文字修养有关,也与把握现实、洞察世情有关。

我们现在,能按照鲁迅先生说的,写好文章以后,多看两遍,尽量把可有可无的字、句、段删除,也就可以了,不能苛求,不能以词害义。

一九八四年三月二十日

谈“印象记”

“印象记”这种文章,在中国,好像并不是古已有之的。“五四”前后,很少见到。三十年代才多起来,似乎是从日本传过来,又多是写作家的。我年轻时,就读过《高尔基印象记》、《秋田雨雀印象记》,等等。

青年人而又喜欢上了文学, 就特别喜欢读一些有关作家的文字。其实有很多记述,是不大可靠的。因为是先入为主,如果不实,其受害的程度,很可能不轻。先不谈小报上那些名人逸事,文坛花絮之类的文章,就是在“印象记”这种貌似庄严又是身临亲见的记载里,可靠可信的东西，究竟有多少，我近来也有些怀疑了。

文章的可信与不可信，常常不在所写的对象如何，而在于作者本身的修养。

我们知道，每一个人，他的生活经历、生活现状，特别是思想感情的活动，是很复杂，很曲折，多变化，有时是难以捉摸，更难以判断的。你去会见一个作家，和他谈了一两个小时，便写下了几千字的印象记，你所得的印象，都能那么切合他的生活实际和思想实际吗？

比如说，你见到这位作家正在吃饭，桌上只有一碟咸菜，你就得到了生活简朴的印象。或者你去的时候，他正在啃着一只猪蹄，你就得到了一个饕餮的印象。这显然都不是这位作家吃饭的全貌。

一时一地的见闻，并非不能写。写下来，也不能说是不真实。但必须保持客观。写见到他吃咸菜，写见到他啃猪蹄，这都不可非议，因为是真实的见闻。如果就此得出结论：他是简朴，或是饕餮，那就失去真实了。

古往今来，写文章的人，最容易失败在主观判断上。

进入晚年，有幸看到一些关于我的印象记。作者的用心，都是良好的，对我都是热情的。虽然因为有过多溢美之词，使我读起来，常常惭怍交加，汗流浃背，总的说来，是令人振奋的,值得感激的。

如果排除个人的感情,单单评论文字,这些文章,确也存在着高下、虚实等等问题。

文章的功能,是因人而异的。是以作者的写作态度、艺术风格,分别优劣高低的。

六十年代,吕剑同志写过一篇同我的会见记,这篇文章,我曾推荐给出版社,作为我的一本小说集的附录。外文出版社曾几次刊用它。我对这篇文章,印象很好,它并没有吹嘘我,也没有发表作者本人的什么高见。它只是如实地记下了我们的那一次简单的会见,和我当时对他说的一些话。我当时谈的只是我的创作见解和创作情况。吕剑同志也没有代替我多去发挥。因此,这篇文章,是一篇真实的记录,对需要它的人,有比较大的参考用途。

另外,就是昨天读到的,铁凝同志写的一篇题名《套袖》的散文。她这篇文章,我接到《文汇报》以后,当晚看了两遍。这并非是从中看到了她对我的什么捧场,而是看到了她的从事创作的赤诚之心。铁凝的创作,一开始就带有这种赤诚,因此,她进步很快,迅速成为文坛瞩目的新人物,有些人还不得其解,视为神秘,其实就是因为“赤诚”两个字。我想,她是应该明了并珍惜自己的得天独厚之处的。

在文章中，她并没有说我好，当然也没有说我不好。她只是记下了几次来我家的所闻所见。虽然她见到的，有时还有些差错，比如，我捡的黄豆，是别人家晾晒时遗落的，并非同院人家种植的。这也无关重要，无伤大体。

客观地记下几次见闻，自己不下任何主观结论，叫读者从中形成自己的印象。这种写法，也可以说这种艺术手段，就必然比那种大惊小怪，急于赞美，并有意无意中显示点自己的什么写法，高出一等。

我读这种文章，内心是愉快的，也是明净的，就像观望清泉飞瀑一样。

一九八四年三月二日下午

文学与乡土

《农村青年》杂志就要创刊，编辑同志要我对农村爱好文学的青年讲几句话，我高兴地答应了。

我是在农村长大的，先后在农村生活、工作，近三十年。我很爱我的故乡，虽然它经历了长期的苦难和贫困，交通不便和文化落后。经历了频繁的战乱和天灾，无数农民流离失所。但我一直热爱它，留恋它，怀念它。直到现在，我已经很老了，还经常不断地做梦，在它那里流连忘返。

古今中外，都有许多作家、许多作品，描述他们的可爱的故乡。

农村是个神秘的，无所不包容，无所不能创造的天地。农村能产生桑麻，能产生五谷，能产生各种能工巧匠，当然也能产生艺术家、作家。

故乡，故乡的水土，故乡的风俗人情，在它产生的作家手中再现。

故乡，用母亲的乳汁，养育着它的歌手，像用它的水土培育禾苗树木一样。

故乡有遍地花开，有参天大树。谁对它的爱真诚、深厚，谁的根就扎得深，就越能吸到更多的乳汁。谁的发育也就会越好，长得高大茂盛。

俗话说："热土难离。"故乡就是文学的热土。

你越是热爱它，你就越能了解它，你就越能表现它。

故乡像诚朴的农民一样，像勤劳的母亲一样，不喜欢三心二意的，华而不实的孩子。

你如果爱好文学，你就得先热爱你的乡土。

当然，热爱乡土，熟悉乡土，还只是积累生活的过程。

此外,还有积累知识的过程,熟练技巧的过程。

不能把你的眼光,只放在那一亩三分地上;也不能把你的感情,只放在孩子、老婆、热炕头上。

有些农民出身的作家,作品得不到长足的进步,就常常是因为眼光短小了一些。

一九八四年三月十七日午后

小说杂谈

小说与电影

因为有病,我有很多年不出去看电影了。青年时我很喜欢电影,在北平当小职员时,为了节省下买电车票的钱,我常从东单牌楼步行到西单牌楼的中央影院,去看电影。我最喜欢阮玲玉的片子。在同口小学教书时,我的宿舍的墙上,张贴着一幅从画报上剪下的,主演安娜·卡列尼娜的女明星的照片。

但直到目前,我对电影还是外行。我没有参观过制片厂,只是在北京一家医院治病时,看见过在那里拍摄《女篮五号》的一些镜头,给我的印象是:当个电影演员也真不易,要不惮其烦地听从导演的指挥,看起来远不如写文章自由。

除此以外，我对于这个新兴的艺术王国，就可以说是一个完全的无知之徒了。

五十年代，我还曾希望，我写的小说能搬上银幕。随着年龄的增长，这个愿望，慢慢淡漠，终于消失了。

在我消失了这个愿望的时候，客观形势发生了变化，好像我写的小说，终于要改编成电影了，而且不只一部小说。

这是令人感奋的，但我总是提不起兴趣来了。有人提出要改编，我说你改编吧，愿意怎样改，就怎样改去吧。不要和我谈，也不要和我商量。因为我身体不好，不愿意掺和这些事。

有的改编者说：我们很喜欢你的小说的风格，我们一定保证你的风格，在这部片子里，得到充分的理解和体现。我说：那太好了，你们去弄吧。

现在，我的有些小说，正在那里被改编着，有的被拍摄着。总之，谈这些影片能否体现我的小说的风格，还为时过早。

但是，我总有个感觉：到这些影片放映时，我恐怕不一定能够去观赏，即使去看了，恐怕也不一定就拍手称快吧。风格云云，那是很玄虚的问题，实在不好谈。

小说是语言的艺术，而电影则是仰仗科学技术成果的综合艺术。电影再现舞台剧,美术作品,舞蹈音乐,都有其先天优胜的条件。唯独再现文学作品,则有其种种不易克服的弱点。说不易克服,就是包括还可以克服的希望。

很早以前,我看过《静静的顿河》这部电影。其中再现男女主人公在向日葵地里相恋时，电影画面里出现的向日葵,只有寥寥几棵,而且不像是生长的,像临时插上去,作为布景的，给我留下了非常不真实的印象。我们知道,肖洛霍夫所描写的向日葵,场面有多大,气氛有多么浓。因此,在这样一个单薄的背景下,无论男女主角相恋得多么热烈,也提不起我的兴趣来了。因为丢失了这一场景所表现的小说里的原有风格。

与这次印象相反，我还看过电影《安娜·卡列尼娜》。在赛马那一个场面,渥伦斯基掉下马来这一事件,是由在观看台上的安娜的面部表情表现的,表现得恰如其分。只是这一个细微的地方，就可以说电影再现了托尔斯泰小说以心理描写取胜的风格。

所以说,电影能否再现小说的原有风格,并不是一句话就能做到的。编剧、导演、演员的艺术修养,趣味,都要与原作取得协调融合,才可做到。而做到这一点,又谈何容易！

我的小说，又缺乏戏剧性的情节，改编成电影，就更有其困难之处。所以，我总是说：你去弄吧。鲁迅答复有人要改编《阿Q正传》时说：改编以后，就是别人的创作，与他无关了。意思是说，小说与戏剧的艺术要求，不大一样，无妨各行其是。

当然我们不能设想：鲁迅或是曹雪芹，如果看到目前由他们的小说改编而成的电影，会作如何感想。只是说，小说和电影是两种艺术，硬把小说"搬上"银幕，就需要有一番过硬功夫。

一九八三年十月二十六日下午

小说与题材

长期以来，因为提倡写工农兵，在小说题材上，遂划分为三大类。三分天下，但不能形成鼎足之势。就数量而言，就成就而言，农村题材，有些偏重。而工业题材，则有些偏轻。进城以后，虽然对工业题材，提倡甚力，直到现在，仍不能改变这种比重，是什么道理呢？

形成这种局面,不是人为的,而是中国革命的要求和中国革命的现实造成的。人民的多数是农民，革命的力量,来自农民。民主革命之始,就看清这一点了。三次国内革命战争,一次反抗日本帝国主义的战争,都在农村进行,农民都是主力。知识分子与农民结合,作家生活在农民中间,根深蒂固,源远流长。在文学方面,得到较多的反映,得到较好的成就,这是不足为奇的。

当时的兵,也是来自农民,兵农几乎是一家。因此在文学方面,兵也就占有优先的、重要的位置。写兵的作品,成就方面也就比较突出。而不少作家,在长期革命过程中,本身就是一名战士。

工业与文学的关系,就比较复杂。在革命初期,我们就是号召作家进工厂的。但因为种种原因,一开始,反映工人运动的小说,就带有浓重的公式化概念化的缺点。后来,革命力量转入农村,这方面也就难以为继。进城以后,虽有不少工业题材的作品出现,但也因为种种原因,这些小说常常缺乏吸引读者的力量，读起来使人感到狭隘和干巴。

困惑之余,有人想把工业题材扩展一下,提出了“城市文学”这个名目。我想:这个名目正如与之相对的“乡土文学”一样，恐怕解决不了多少文学创作上的实际问题。这样按城乡来区分文学，是不科学的，因此这个名目是站立不住的。文学本身不能作这种划分和区别。

是的，自从南宋以来，文学史上有所谓市民文学。那是指文学作品的对象，并非指文学创作的内容。市民文学说的是以市民为对象的文学，它可以包括各种题材，并非专指写城市生活的作品。

文学不能以题材区分，题材对于文学，只是材料。题材也无所谓重要与不重要，更不是创作成功不成功的先决条件。

道理本来是很简单的，显而易见的。不知为什么总是长期在那里纠缠。以中国四大长篇名著为例：《三国演义》的题材是历史，《西游记》的题材是神话，《红楼梦》的题材是贵族大家庭，《水浒传》的题材是梁山好汉。这就说明，题材各不相同，都可以写成名著。小说成功，不在于题材，是应毋庸议的问题。

这四部小说，不管城市乡村，都能接受，都受欢迎。但如《儒林外史》，虽然也是名著，在农村的流行，就要差一些。这也不是因为它的题材是知识分子，是它的表现手法，还没有达到雅俗共赏的程度。

同样是农村题材，茅盾的农村小说，和赵树理的农村小说相比，它的读者群，可能就小一些。这也是表现手法问题，不是艺术的高下问题。

就规模宏大来讲，可以称得起城市文学的，莫过于茅盾的《子夜》了，但并没有人这样称呼它。《子夜》所写，也只是几个资本家，并非城市的全体。城市是很复杂的，可写的东西本来是很多的。其所以迟迟不能产生伟大的作品，原因很多，并非把名目放大，就可以解决问题。

一九八四年四月十二日

小说与三角

二十年代到三十年代，张资平是中国新文学中写三角恋爱小说的大家。他自己开设乐群书店，小说一部接一部地出版，小说都用道林纸印，封面都是粉红色，然而，鲁迅写了一篇杂文《张资平的小说学》，文末画了一个等边三角形，这位三角学者，马上销声敛迹，一败涂地。

鲁迅的文章，虽然写得有力量，但要说有这样大的力量，也不是事实。张资平的破灭，绝不是一篇批评文字造成的。是时代厌弃了他这类小说,是广大青年读者厌弃了他。可以说,是时代的力量、进步的要求,冲击了这种无聊的、渣滓一样的作品。如果时代没有使人向往的吸引广大青年奔赴前去的新的目标,那么,张资平的作品,就会继续有销路,继续使一些感到无聊的青年人,陶醉其中。

自从革命的文艺兴起,人们都轻视三角恋爱的小说,认为那是廉价的不值钱的东西。

问题当然不在三角不三角,而在于小说的道德力量、社会意义、社会效果。《红楼梦》里的宝、钗、黛,也是三角;《安娜·卡列尼娜》里面也有;《静静的顿河》、《被开垦的处女地》里面都有爱情的三角追逐。但没有人说这些小说是三角恋爱小说。

文学事业,不在你写什么,而在你怎样写。同样的题材,效果会因人而异,有的能点土成金,有的能点金成土。

现在,又有一些人,写三角恋爱小说了。有的是为写三角而制造三角;有的是不知不觉走进三角的老框框。但手法低下,佳作不多,能赶上张资平的也很少。他们所写的女主人公,在第一节,和甲对付对付;在第二节,又和乙凑合凑合。第三节又是甲,第四节又是乙。而且恋爱进行得很缓慢,很疲沓,很没意思,一点儿也提不起读者的精神来。据说这是一种从国外引进的新的手法。这可以说是这类小说的又一次失败。给一句好的评语,可以说是:只有三角,而无小说;给一句坏的评语,则是三角和小说,都不存在。

一九八四年四月十三日

读小说札记

一

去年的一期《莲池》,登了莫言作的一篇小说,题为《民间音乐》。我读过后,觉得写得不错。他写一个小瞎子,好乐器,天黑到达一个小镇,为一女店主收留。女店主想利用他的音乐天才,作为店堂一种生财之道。小瞎子不愿意,很悲哀,一个人又向远方走去了。事情虽不甚典型,但也反映当前农村集镇的一些生活风貌,以及从事商业的人们的一些心理变化。小说的写法,有些欧化,基本上还是现实主义的。主题有些艺术至上的味道,小说的气氛,还是不同一般的,小瞎子的形象,有些飘飘欲仙的空灵之感。

二

从今年四月号《小说选刊》读李杭育作《沙灶遗风》。

小说写一民间画屋工，穿插与女店主相恋情节，也写到此地特殊风光及乡俗。主题为农民富裕了，要改变旧生活，父子两代的矛盾。仍为“五四”以来农村小说写法。从中可看到鲁迅、茅盾等所开创的，表现农村题材的现实主义传统。这一传统，在新一代作者中，仍被尊重、继承、发扬，甚可喜也。小说气韵沉厚，无浮夸不实哗众取宠之弊。十分吸引人，读后有美感，有余味。因知生活深厚之作，自可凿凿在人耳目，招人喜爱。非那些搔首弄姿，打情骂俏之所谓言情小说，可以相提并论也。目前文艺刊物，多有那些廉价之作，数量虽多，无关文坛之繁荣。

此篇去年得奖。

三

近年评奖之风盛行，全国各省市所有期刊，争先恐后地举行。其对创作之作用，利弊两方面，究竟如何，尚不甚了了。然有一点甚明：创作的收获，是评奖的基础；不能说，有了评奖，才有了好收获。如果是这样，评奖未兴起之前，亦时有好作品问世,则不得其解矣。封建社会,有了科举制度,然后才有状元。然其所取,非必真正之人才,是例行故事,不能与小说评奖同日而语。今有人认为近年之有佳作,乃评奖之结果,并有人把每年全国得奖之前三名,拟之为“状元、榜眼、探花”。此不只颠倒本末,实不伦不类之甚矣。

四

在本年四月号《萌芽》上,读关鸿作《哦,神奇的指挥棒》。小说写一个青年乐队指挥,在一次汇报演出时的情景。兼写了青年作家、美术家成名道路上的不正之风。小说语言流畅明快,结构简洁。时有讽刺,亦不露浅薄。

近来阅读小说,发见当代青年作家,对西洋音乐的爱好,这一方面的知识,较之我们这一代,浓厚丰富。当然有的作品,写音乐只是作为点缀,或卖弄知识。但总的说来,是时代不同的结果。我们这一代,在从事创作之初,革命的主题,是反封建和反帝国主义。革命带有启蒙的性质,口号是到民间去,到农村去。小说所表现的主要是农民。作家所追求、所熟悉的是民间音乐。作家无暇去研究、接触、欣赏西洋的音乐,作品也不需要这方面的描写和内容。

近年随着开放政策,随着电影、电视的普及,接触西洋文化的机会,比过去增多。在文学作品中,得到反映,这也是很自然的事。

但是,这种题材的小说,它的读者,当前恐怕还只能是在城市,不在农村。农民所喜爱的,恐怕还是民族的艺术,民间的音乐。农民对于文学艺术的爱好,不会像对物质生活,改变得那样快,是可以断言的。

五

去年读了汪曾祺的一篇《故里三陈》,分三个小故事。我很喜欢读这样的小说,省时省力,而得到的享受,得到的东西并不少。它是中国的传统写法, 外国作家亦时有之。它好像是纪事,其实是小说。情节虽简单,结尾之处,作者常有惊人之笔,使人清醒。有人以为小说,贵在情节复杂或性格复杂,实在是误人子弟。情节不在复杂,而在真实。真情节能动人,假情节使人厌。宁可读一个有人生启发的真情节,不愿读十个没有血肉的假情节。

我晚年所作小说,多用真人真事,真见闻,真感情。平铺直叙,从无意编故事,造情节。但我这种小说,却是纪事,不是小说。强加小说之名,为的是避免无谓纠纷。所以不能与汪君小说相比。

六

古华写的《九十九堆礼俗》中，有一个寡妇叫杨梅姐；李杭育写的《沙灶遗风》中，有一个寡妇叫桂凤；张贤亮写的《绿化树》中，有一个“寡妇”叫马缨花。（这篇小说，目前我还只读了一半。）杨梅姐是小说的主角，桂凤是小说的配角，马缨花是小说中的重要人物。

我读小说很少，在不长的时间里，在当代农村题材小说中，遇到了三个寡妇。难道是作家们对寡居的妇女，有特殊的感情？或是像俗话说的“寡妇门前是非多”，好做文章？当然都不是。

这是和长期以来，在带有浓重封建色彩的农村生活里，寡妇所处的社会地位，她们生活的特殊困难，她们为了适应这种地位所锻炼成的性格特点，吸引了我们的作家。作家们都用同情的、近乎人道主义的态度去描写了她们。杨梅姐身上有风情，马缨花的风情更强烈些，杨梅姐并在似梦非梦的情况下，被露骨地、带有刺激性地描写过。桂凤则写得有节制、有拘束，没有肯放手去写，并急转直下，在小说结尾，成为对过去了的时代，唱挽歌的人物。

七

张贤亮的中篇小说《绿化树》，这一期《小说选刊》只登了一半，我用两天时间读完了。作者的经历、学识，文学的修养，对事业的严肃性，都是当前不可多得的。

他的小说，受欧美、尤其是俄罗斯文学影响较重，时有普希金、果戈理、高尔基的创作精神，流露其间。开头一段，车夫所唱民歌，与大自然的协调，结合主人公的感叹，三方面交相激扬，其神韵，达到了使人惊心动魄，回肠荡气的效果。

马缨花这一人物写得很好，从中更可看到普希金、梅里美、高尔基人物创造的神髓。描写她的形象那一节，用笔自是不凡。

作者说这部小说，所得启示，与《资本论》有关，然从所读章节，实在还没有看出这一点。等看完以后再说罢。

八

为人、处世、写文章，都有拘谨和开放两途。有人写小说，总是显得局面小，意境、人物、故事，都好像有一个小围墙，突展不开，这就是一个缺点。有的人展开了，有时又漫无边际，使人物、故事不得集中，主题不得突出，这也是一个缺点。生活基础大，积累雄厚，写作时就能够触类旁通，头头是道。到处能够触景生情，因情见色，随意点化，无不成趣。如果生活的积累，还不到这种程度，文笔方面，虽有开放之长，也会产生流弊。量体裁衣，扬长避短，就不如先写些短小的作品。等到生活进一步丰富了，再写较长的作品，发挥自己的所长，自然就能相得益彰。

去年读了铁凝的《没有纽扣的红衬衫》，有这样一点意思。本想见面时和她谈谈，供她参考，但一直没有机会，就先记在这里，备遗忘吧！

一九八四年四月十四日写讫

乡里旧闻

玉 华 婶

玉华婶的娘家，离我们村只有十几里地，那里是三县交界的地方，在旧社会叫做“三不管地带”，惯出盗案。据说玉华婶的父亲，就是一个有名的大盗，犯案以后，已经正法。她的母亲，长得非常丑陋，在村里却绰号“大出头”。我们那里的方言，凡是货郎小贩，出售货物，总是把最出色的一件，悬挂在货车上，叫做出头。比如卖馒头的，就挑一个又白又大的，用秫秸秆插起来，立在车子的前面。

俗话说，破窑里可能烧出好瓷器，她生了一个非常出色的女儿，就是说烧出了一件“窑变”，使全村惊异，远近闻名。

这位小姑娘，十三四岁的时候，在街头一站，已经使那些名门闺秀黯然失色。到十六七岁的时候，出脱得更是出众，说绝世佳人，有些夸张，人人见了喜欢，却是事实。

正在这个年华，她的父亲落了这样一个结果，对她来说，当然是非常的不幸。她的母亲，好吃懒做，只会斗牌，赌注就放在身边女儿身上了。

县里的衙役，镇上的巡警，村里的流氓，都在这个姑娘身上打主意。

我家南邻是春瑞叔家。他的父亲，是个潦倒人，跑了半辈子宝局，下了趟关东，什么也没挣下，只好在家里开个小牌局。春瑞叔从小时，被送到外村，给人家放羊。每天背上点水，带块干粮，光着两只脚，在漫天野地里，追着喊着。天大黑了，才能回来，睡在羊圈里。现在三十上下了，还没有成亲。

他有一个姐姐，嫁在那个村庄，和大出头是近邻。看见这个小姑娘，长得这样好，眼下命运又不济，就想给自己的弟弟说说。她的口才很好，亲自上门，找小姑娘直接谈。今天不行，明天再去，不上十天半月，这门亲事，居然说成了。

为了怕坏人捣乱，没敢宣扬出去。娶亲那天，也没有坐花轿，没有动鼓乐，只是说串亲，坐上一辆牛车，就到了我们村里。又在别人家借了一间屋子,作为洞房。好在春瑞叔的父亲,是地方上的一个赌棍,有些头面,没有发生什么事情。

不久,把她母亲也接了来,在我们村落了户。从此,一老一少,一美一丑,就成了我们新的街坊邻居了。

像玉华婶这样的人物,论人才、口才、心计,在历史上,如果遇到机会,她可以成为赵飞燕,也可以成为武则天。但落到这个穷乡僻壤,也不过是织织纺纺,下地劳动。春瑞叔又没有多少地,于是玉华婶就同公爹,支持着家里那个小牌局。有时也下地拾柴挑菜,赶集做一些小买卖。她人缘很好,不管男女老少,都说得来,人们有什么话,也愿意和她去说。她家里是个闲话场。她很能交际,能陪男人喝酒、吸烟、打麻将。

我们年轻人都很爱她,敬她,也有些怕她,不敢惹她。有一年暑假,一天中午,我正在场院里树荫下看书,看见玉华婶从家里跑了出来。后面是她母亲哭叫着。再后面是春瑞叔,手里拿着一根顶门杈。玉华婶一声不响,跑进我家场院,就奔新打的洋井。井口直径足有五尺,她把腿一伸,出溜进去。我大喊救人,当人们捞她的时候,看到她用头和脚尖紧紧顶着井的两边,身子浮在水皮上,一口水也没喝。这种跳井，简直还比不上现在的跳水运动员，实在好笑。

但从此，春瑞叔也就不敢再发庄稼火，很怕她。因为跳井，即寻死觅活，究竟是人命关天的大事，非同小可。

去年，我回了一趟老家。玉华婶也老了。她有三房儿媳，都分着过。春瑞叔八十来岁了，但走起路来，还很快，这是年轻时放羊，给他带来的好处。

三房儿媳，都不听玉华婶的话，还和她对骂。春瑞叔也不替她说话。玉华婶一世英名，看来真要毁于一旦了。

她哭哭啼啼，向我诉苦。最后她对我说：

“大侄子，你走京串卫，识文断字，我问你一件事，什么叫打金枝？”

“《打金枝》是一出戏名，河北梆子就有的，你没有看过吗？”我说。

“没有。村里唱戏的时候，我忙着照应牌局，没时间去看。”玉华婶笑了，“这是我那三儿媳妇的爹对我说的。他说：你就没有看过打金枝吗？我不知道这是一句什么话，又不好去问外人，单等你回来。”

“那不是一句坏话。”我说，“那可能是劝你不要管儿子媳妇间的闲事。”

随后，我把《打金枝》这出戏的剧情，给她介绍了一下。这一介绍，玉华婶火了，她大声骂道：

“就凭他们家，才三天半不要饭吃了，能出一根金枝？我看是狗屎，擦屁股棍儿！他成了皇帝，他要成了皇帝，我就是玉皇！”

我怕叫她的儿媳听见，又惹是非，赶紧往外努努嘴，托辞着出来了。玉华婶也知趣，就不再喊叫了。

一九八三年九月二日晨改讫

疤增叔

因为他生过天花，我们叫他疤增叔。堂叔一辈，还有一个名叫增的，这样也好区别。

过去，我们村的贫苦农民，青年时，心气很高，不甘于穷乡僻壤这种饥一顿饱一顿的生活，想远走高飞。老一辈的是下关东，去上半辈子回来，还是受苦，壮心也没有了。后来，是跑上海，学织布。学徒三年，回来时，总是穿一件花丝格棉袍，村里人称他们为上海老客。

疤增叔是我们村去上海的第一个人。最初，他也真的挣了一点钱,汇到家里,盖了三间新北屋,娶了一房很标致的媳妇。人人羡慕,后来经他引进,去上海的人,就有好几个。

疤增叔其貌不扬,幼小时又非常淘气,据老一辈说,他每天拉屎,都要到树杈上去。为人甚为精明,口才也好,见识又广。有一年寒假完了,我要回保定上学,他和我结伴,先到保定,再到天津,然后坐船到上海,这样花路费少一些。第一天,我们宿在安国县我父亲的店铺里。商店习惯,来了客人,总有一个二掌柜陪着说话。我在地下听着,疤增叔谈上海商业行情,头头是道,真像一个买卖人,不禁为之吃惊。

到了保定,我陪他去买到天津的汽车票,不坐火车坐汽车,也是为的省钱。买了明天的汽车票,疤增叔一定叫汽车行给写个字据:如果不按时间开车,要加倍赔偿损失。那时的汽车行,最好坑人骗钱,这又是他出门多的经验,使我非常佩服。

究竟他在上海干什么,村里也传说不一。有的说他给一家纺织厂当跑外,有的说他自己有几张机子,是个小老板。后来,经他引进到上海去的一个本家侄子回来,才透露了一点实情,说他有时贩卖白面(毒品),装在牙粉袋里,过关口时,就叫这个侄子带上。

不久,他从上海带回一个小老婆,河南人,大概是跑到上海去觅生活的,没有办法跟了他。也有人说,疤增叔的二哥,还在打光棍,托他给找个人,他给找了,又自己霸占了,二哥并因此生闷气而死亡。

又有一年,他从河南赶回几头瘦牛来,有人说他把白面藏在牛的身上,牛是白搭。究竟怎样藏法,谁也不知道。

后来,他就没挣回过什么,一年比一年潦倒,就不常出门,在家里做些小买卖。有时还卖虾酱,掺上很多高粱糁子。

家里娶的老伴,已经亡故。在上海弄回的女人,给他生了一个儿子,中间一度离异,母子回了河南,后来又找回来,现在已长大成人,出去工作了。

原来的房子,被大水冲塌,用旧砖垒了一间屋子,老两口就住在里面,谁也不收拾,又脏又乱。

一年春节,人们夜里在他家赌钱。局散了以后,老两口吵了起来,老伴把他往门外一推,他倒在地下就死了。

一九八三年九月三日

秋喜叔

秋喜叔的父亲，是个棚匠。家里有一捆一捆的苇席，一团一团的麻绳，一根大弯针，每逢庙会唱戏，他就被约去搭棚。

这老人好喝酒，有了生意，他就大喝。而每喝必醉。醉了以后，他从工作的地方，摇摇晃晃地走回来，进村就大骂，一直骂进家里。有时不进家，就倒在街上骂，等到老伴把他扶到家里，躺在炕上，才算完事。人们说，他是装的，借酒骂人，但从来没有人去拾这个碴儿，和他打架。

他很晚的时候，才生下秋喜叔。秋喜叔并无兄弟姐妹，从小还算是娇生惯养的，也上了几年小学。

十几岁的时候，秋喜叔跟着一个本家哥哥去了上海，学织布。不愿意干了，又没钱回不了家，就当了兵，从南方转到北方。那时我在保定上中学，有一天，他送来一条棉被，叫我放假时给他带回家里。棉被里里外外都是虱子，这可能是他在上海学徒三年的唯一剩项。第二天，又来了两个军人找我，手里拿着皮带，气势汹汹，听他们的口气，好像是秋喜叔要逃跑，所以先把被子拿出来。他们要我到火车站他们的连部去对证。那时这种穿二尺半的丘八大爷们,是不好对付的,我没有跟他们走。好在这是学校,他们也无奈我何。

后来,秋喜叔终于跑回家去,结了婚,生了儿子。抗日战争时,家里困难,他参加了八路军,不久又跑回来。

秋喜叔的个性很强,在农村,他并不愿意一锄一镰去种地,也不愿推车担担去做小买卖。但他也不赌博,也不偷盗。在村里,他年纪不大,辈分很高,整天道貌岸然,和谁也说不来,对什么事也看不惯。躲在家里,练习国画。土改时,他从我家拿去一个大砚台,我回家时,他送了一幅他画的“四破”,叫我赏鉴。

他的父亲早已去世,他这样坐吃山空,日子一天不如一天。家里地里的活儿,全靠他的老伴。那是一位任劳任怨,讲究三从四德的农村劳动妇女,整天蓬头垢面,钻在地里砍草拾庄稼。

秋喜叔也好喝酒,但是从来不醉。也好骂街,但比起他的父亲来,就有节制多了。

秋天,村北有些积水,他自制一根钓竿,从早到晚,坐在那里垂钓。其实谁也知道,那里面并没有鱼。

他的儿子长大了,地里的活也干得不错,娶了个媳妇,也很能劳动,眼看日子会慢慢好起来。谁知这儿子也好喝酒,脾气很劣,为了一点小事,砍了媳妇一刀,被法院判了十五年徒刑,押到外地去了。

从此,秋喜叔就一病不起,整天躺在炕上,望着挂满蛛网的屋顶,一句话也不说。谁也说不上他得的是什么病,三年以后才死去了。

一九八三年九月二日下午

《青春遗响》序

这里的青春，指的是我的青春；其遗响，自然也是我的遗响。

每一个时代，它的知识分子群，总是有它的特定的温床和苗圃，以及它成长以后，供它驰骋的天地。“五四”时代，知识分子的温床，是没落的腐败透顶的清王朝，以及乘虚而入的各帝国主义者。在这种温床上，知识分子先天接受的是反封建统治和反帝国主义侵略的使命。这个使命，包括对人民群众的启蒙运动，即开阔他们的思想，扩大他们的知识，提高他们的文化。“五四”时代的知识分子，奋勇地、出色地完成了他们那一代的使命。但使命并没有终结，它延续到了下一代，即我们这一代。

抗日战争，实际是这一使命的继续。全国的进步知识分子，如醉如狂地参加了斗争的行列。他们无愧于时代，也出色地完成了它赋予的使命。

我，并非先知先觉。是在民族大义的感召之下，以病弱之躯，参加在这一伟大行列之中。我们做的工作，除去抗击侵略者，就其基本性质而言，仍不外是反封建的启蒙运动。

近几年来，常常有热心的青年同志，从抗日战争或解放战争时期的报刊上，给我抄录一些旧作寄来。这本集子的首次两篇，是北京师范大学一分校中文系傅桂禄抄录的。第三、第四两篇，是北京部队刘绳抄录的。其余各篇，是对我的旧作一贯热心收集的冉淮舟抄录的。《鲁迅·鲁迅的故事后记》一篇，是过去存下的。这本小册子，是一九四一年在晋察冀边区印刷的，字迹漫漶已甚，我几次想整理修改，都知难而退，因之不能再版。现存录此篇，是为的说明当时所做的这件事，也是启蒙之一种。

和《冬天，战斗的外围》同时抄来的，还有一篇题为《活跃在火线上的民兵》的通讯。这两篇通讯，接连在《晋察冀日报》上发表，都署着我和曼晴同志的名字。经我辨认，前一篇是我写的，没有疑问。而后一篇，则像是曼晴所作。我当时的文字、文风，很不规则，措词也多欧化生硬；而曼晴同志的文笔文法，则整饬得多。当时我们俩人，共同活动，又羡慕“集体创作”这个名儿，所以这样发表的。现在编辑成集，不能滥入他人之作，我把后一篇寄曼晴同志保存了。为了纪念我们过去的战斗友谊，还是要在这里提一下。

关于晋察冀边区乡村文艺的两篇，是调查报告。当时好像是组织了一个调查团，有边区几个大的文艺团体负责人参加，我是跟随沙可夫同志去的。我随见随记，“抢先”把它发表了，当时还引起一些人的非议。但此行以后，并无正式的调查报告。现在保存下来这点材料，对了解战争时期边区的文艺活动，还是有些用处的。

关于《平原杂志》上的文章，因为我过去提到过，这里就不多说了。

启蒙工作，在中国历史上，可以说是代代有先驱，有众多的仁人志士，成绩都载于史册。这一工作，也是断断续续的，甚至可以说是不绝如缕的。因为真正的启蒙，只有依靠政治之力，单凭知识分子，是做不出多大的事业来的。而政治则是多变的，反复的。在历史上，新兴的政治势力，都重视群众的启蒙工作；一旦得到政权，则又常常变启蒙主义为蒙蔽主义，以致群众长期处于愚昧状态。“四人帮”

之所为,可以说是历史上最突出的一次。

我当时所做的,当然是微不足道的,甚至是不值一提的。如果不是有人把这些文字抄来,我也把它们忘记了,别人也不会想起它。因为重读了一遍,才引起一些感想。

那时从事这些工作,生活和工作条件,是非常艰苦的。在战争时期,我一直在文化团体工作。众所周知,那时最苦的是文化团体。有的人,在经常活动的地区,找个富裕的农家,认个干娘,生活上就会有些接济。如果再有一个干妹妹,精神上还会有些寄托。我是一个在生活上没有办法的人,一直处在吃不饱穿不暖的状态中。一九四六年冬季,我在饶阳县一个农村编《平原杂志》。有一天,我的叔父有事找我去,见我一个人正蹲在炕沿下,烤秫秸火取暖,活像一个叫花子,就饱含着眼泪转身走了。

在战争的十几年里,我一直是步行。我很好单身步行。特别是在山地,一个人唱唱喝喝地走着,要走就走,要停就停,有山果便吃,有泉水便喝,有溪流便洗澡,是可以自得其乐的。列队行军,就没有那么自由自在了。那次调查乡村文艺,我和一位剧团团长同行,他是从平原来的,山地道路不熟,叫我引路。我们沿着沙滩,整整走了一天,天已经晚了,都有些疲乏,急于要找到宿营地。他骑在马上打瞌睡，我背着背包，聚精会神地走在马头前面看路，不巧，钻错了一个山沟，又退回来，他竟对我发起脾气。那里的山沟，像树的枝杈，东一道西一道，是很不好辨认的。田间同志，就是以常常钻错山沟出名的。我也遇到过通情达理的骑马人。有一个从延安下来的记者，我们在冀中一同工作时，他有一匹马。每次行军，他不只叫我把背包放在马上，还和我轮流乘骑。他知道同行人的清苦。

直到一九四七年，冀中文协成立，公家才给我从一个小贩那里，买了一辆自行车。虽然是一辆光屁股破车，我视如珍宝，爱护有加，骑了二三年，进城以后才上交。

皇天后土，我们那时不是为了追求衣食，也不是为了追求荣华富贵才工作的。

对这些文章，现在没有加任何修改。它使我回顾了一下我的青春。那是艰难困苦的青春，风雨跋涉的青春，但也是曾经有所作为，激励奋发的青春。这些文章，就是它的遗响。

一九八二年十二月四日清晨

一九五六年的旅行

一九五六年的三月间，一天中午，我午睡起来晕倒了，跌在书橱的把手上，左面颊碰破了半寸多长，流血不止。报社同人送我到医院，缝了五针就回来了。

我身体素质不好，上中学时，就害过严重的失眠症，面黄肌瘦，同学们为我担心。后来在山里，因为长期吃不饱饭，又犯了一次，中午一个人常常跑到村外大树下去静静地躺着。

但我对于这种病，一点知识也没有，也没有认真医治过。

这次跌了跤，同志们都劝我外出旅行。那时进城不久，我还不像现在这样害怕出门，又好一人孤行，请报社和文联给我打算去的地方，开了介绍信，五月初就动身了。

对于旅行，虽说我还有些余勇可贾，但究竟不似当年了。去年秋天，北京来信，要我为一家报纸，写一篇介绍中国农村妇女的文章。我坐公共汽车到了北郊区。采访完毕，下了大雨，汽车不通了。我一打听，那里距离市区，不过三十里，背上书包就走了。过去，每天走上八九十里，对我是平常的事。谁知走了不到二十里，腿就不好使起来，像要跳舞。我以为是饿了，坐在路旁，吃了两口郊区老乡送给我的新玉米面饼子，还是不顶事。勉强走到市区，雇了一辆三轮，才回到了家。

这次旅行，当然不是徒步，而是坐火车，舒服多了，这应该说是革命所赐，生活条件，大为改善了。

济　南

第一个目标是济南。说也奇怪，从二十岁左右起，我对济南这个地方，就非常向往。在中学的国文课堂上，老师讲了一段《老残游记》，随后又说他幼小时跟着父亲在济南度过，那里的风景确实很好。还有一种好吃的东西，叫做小豆腐。这一段话，竟在我心里生了根。后来在北平当小学职员，不愿意干了，就对校长说：我要到济南去了，辞了职。当然没有去成。

在济南下车时,也就是下午一二点钟。雇了一辆三轮,投奔山东文联。那时王希坚同志在文联负责,我们是在北京认识的。

济南街上,还是旧日省城的样子,古老的砖瓦房,古老的石铺街道。文联附近,是游览区,更热闹一些,有不少小商小贩,摆摊叫卖。文联大院,就是名胜所在,有泉水,种植着荷花,每天清晨,人们就在清流旁盥洗。

王希坚同志给了我一间清静的房。他知道我的脾气,说:“吃饭,愿意在食堂吃也可,愿意出去吃小馆,也方便。”

因为距离很近,当天我就观看了珍珠泉、趵突泉、黑虎泉。那时水系没遭到破坏,趵突泉的水,还能涌起三尺来高。

第二天,文联的同志,陪我去游了大明湖和千佛山,乘坐了彩船,观赏了文物。那时游人很少,在千佛山,我们几乎没遇到什么游人,像游荒山野寺一样。我最喜欢这样的游览,如果像赶庙会一样,摩肩擦踵,就没有意思了。

我也到附近小馆去吃过饭,但没有吃到老师说的那种小豆腐。

另外,没有找到古旧书店,也是一大遗憾。我知道,济南的古书不少,而且比北京、天津,便宜得多。

南　京

第二站是南京。到南京已经是下午五六点钟了。我先赶到江苏省文联。那时的文联，多与文化局合署办公,文联与文化局电话联系,说来了一位客人,想找个住处。文化局好像推托了一阵子,最后说是可以去住什么酒家。

对于这种遭遇，我并不以为怪。我在南京没有熟人，还算是顺利地解决了食住问题。应该感谢那时同志们之间的正常的热情的关照。如果是目前,即使有熟人,恐怕也还要费劲一些。

此次旅行,我也先有一些精神准备。书上说:在家不知好宾客,出门方觉少知音,正好是对我下的评语。

在酒家住了一夜。第二天吃过早饭,我先去逛了明孝陵,陵很高很陡,在上面看到了朱元璋的一幅画像,躯体很高大,前额特别突出,像扣上一个小瓢似的。脸上有一连串黑痣。这种异相,史书上好像也描写过。

从孝陵下来,我去游览了中山陵,顺便又游了附近一处名胜灵谷寺。一路梧桐林荫路，枝叶交接如连理，真使人叫绝。

下午游了雨花台、玄武湖、鸡鸣寺、夫子庙。没有游莫愁湖，没有看到秦淮河。这样奔袭突击式的游山玩水，已经使我非常疲乏。为了休息一下，就去逛了逛南京古旧书店。书店内外，都很安静，好书也多，排列得很规则。惜天色已晚，未及细看，就回旅舍了。此后，我通过函购，从这里买了不少旧书，其中并有珍本。

第三天清晨，我离开南京去上海。

现在想来，像我这样的旅行，可以说是消耗战，还谈得上是怡情养病？到了一处，也只是走马观花，连凭吊一下的心情也没有。别处犹可，像南京这个地方，且不说这是龙盘虎踞的形胜之地，就是六朝烟粉，王谢风流，潮打空城，天国悲剧，种种动人的历史传说，就没有引起我的丝毫感慨吗？

确实没有。我太累了。我觉得，有些事，读读历史就可以了，不必想得太多。例如关于朱元璋，现在有些人正在探讨他的杀戮功臣，是为公还是为私？各有道理，都有论据。但可信只有一面，又不能起朱元璋而问之，只有相信正史。至于文人墨客，酒足饭饱，对历史事件的各种感慨，那是另一码事。我此次出游,其表现有些像凡夫俗子的所到一处,刻名留念。中心思想,也不过是为了安慰一下自己:我一生一世,毕竟到过这些有名的地方了。

上　海

很快就到了上海，作家协会介绍我住在国际饭店十楼。这是最繁华的地区,对我实在不利。即使平安无事,也能加重神经衰弱。尤其是一上一下的电梯,灵活得像孩子们手中的玩具,我还没有定下心来,十楼已经到了。

第二天上午,一个人去逛书店,雇了一辆三轮,其实一转弯就到了。还好,正赶上古籍书店开张,琳琅满目,随即买了几种旧书,其中有仰慕已久的戚蓼生序小字本《红楼梦》。

想很快离开上海,第二天就到了杭州。

杭　州

中午到了杭州,浙江省文联,也没有熟人。在那里吃了一碗面条，自己就到湖边去了。天气很好，又是春季，湖边的游人还算是多的。面对湖光山色，第一个感觉是：这就是西湖。因为旅途劳顿，接连几夜睡不好觉，我忽然觉得精神不能支持，脚下也没有准头，随便转了转，买了些甜食吃，就回来了。

第二天，文联通知我，到灵隐寺去住。在那里，他们新买到一处资本家的别墅，作为创作之家，还没有人去住过，我来了正好去试试。用三轮车带上一些用具，把我送了过去。

这是一幢不小的楼房，只楼下就有不少房间。楼房四周空旷无人，而飞来峰离它不过一箭之地。寺里僧人很少，住的地方离这里也很远。天黑了，我一度量形势，忽然恐怖起来。这样大的一个灵隐寺，周围是百里湖山，寺内是密林荒野，不用说别的，就是进来一条狼，我也受不了。我得先把门窗关好，而门窗又是那么多。关好了门窗，我躺在临时搭好的简易木板床上，头顶有一盏光亮微弱的灯，翻看新买的一本《杭州旅行指南》。

我想，什么事说是说，做是做。有时说起来很有兴味的事，实际一做，就会适得其反。比如说，我最怕嘈杂，喜欢安静，现在置身山林，且系名刹，全无干扰，万籁无声，就觉得舒服了吗？没有，没有。青年时，我也想过出世，当和尚。现在想，即使有人封我为这里的住持，我也坚决不干。我现在需要的是一个伴侣。

一夜也没有睡好，第二天清晨起来，在溪流中洗了洗脸，提上从文联带来的热水瓶，到门口饭店去吃饭。吃完饭，又到茶馆打一瓶开水提回来。

据说，西湖是全国风景之首，而灵隐又是西湖名胜之冠。真是名不虚传。自然风景，且不去说，单是寺内的庙宇建筑，宏美丰丽，我在北方，是没有见过的。殿内的楹联牌匾，佳作尤多。

在这里住了三天，西湖的有名处所，也都去过了，在小市自己买了一只象牙烟嘴，在岳坟给孩子们买了两对竹节制的小水桶。我就离开了杭州，又取道上海，回到天津。

此行，往返不到半月，对我的身体非常不利，不久就大病了。

跋

余之晚年，蛰居都市，厌见扰攘，畏闻恶声，足不出户，自喻为画地为牢。然当青壮之年，亦曾于燕南塞北，太行两侧，有所涉足。亦时见山河壮观，阡陌佳丽。然身在队列，或遇战斗，或值风雨，或感饥寒，无心观赏，无暇记述。但印象甚深至老不忘。

古人云，欲学子长之文，先学子长之游，此理固有在焉。然柳柳州《永州八记》，所记并非罕遇之奇景异观也，所作文字乃为罕见独特之作品耳。范仲淹作《岳阳楼记》，本人实未至洞庭湖，想当然之，以抒发抱负。苏东坡《前赤壁赋》，所见并非周郎破曹之地，后人不以为失实。所述思绪，实通于古今上下也。

以此观之，游记之作，固不在其游，而在其思。有所思，文章能为山河增色，无所思，山河不能救助文字。作者之修养抱负，于山河于文字，皆为第一义，既重且要。余之作，不堪言此矣。

一九八三年八月十七日追记

书　信

自古以来书信作为一种文体，常常编入作家们的文集之中。书与信字相连,可知这一文体的严肃性。它的主要特点,是传达一种真实的信息。

古代的历史著作,也常常把一个人物的重要信件,编入他的传记之内。

古代,书信的名号很多,有上书,有启,有笺,有书……各有讲究。《昭明文选》用了几卷的篇幅收录了这些文章。历代文学总集,也无不如此。

如此说来,书信一体,实在是不可玩忽的一种文学读物了。过去书市中也有供人学习应酬文字的尺牍大观,那当然不在此列。

在中学读书时,我读过一本高语罕编的《白话书信》,内容已经记不清。还读过一本《八贤手札》,则是清朝咸同时期,镇压太平天国的那些大人物的往来信札,内容也记不清了。只记得那些信的称呼,很复杂也很难懂。

书信这一文体,我可以说是幼而习之的。在外面读书做事,总是要给家中写信的。所用的文字当然是解放了的白话。这些家信无非是报告平安,没有什么特殊的内容。经过几次变乱,可以说是只字不存了。

在保定读书时,我认识了本城一个女孩子,她家住在白衣庵一个大杂院里。我每星期总要给她写一封信,用的都是时兴的粉色布纹纸信封。我的信写得都很长,不知道从哪里来的那么多热情的话。她家生活很困难,我有时还在信里给她附一些寄回信的邮票。但她常常接不到我寄给她的信,却常常听到邮递员对她说的一些不三不四的话。我并不了解她的家庭,我曾几次在那个大杂院的门口徘徊,终于没有进去。我也曾到邮政局的无法投递的信柜里去寻找,也见不到失落的信件。我估计一定是邮递员搞的鬼。我忘记我给她写了多少封信,信里尽倾诉了什么感情。她也不会保存这些信。至于她的命运,她的生存,已经过去五十年,就更难推测了。

在晋察冀边区工作,我曾给通讯员和文学爱好者,写过不少信,文字很长,数量很大,但现在一封也找不到了。

一九四四年秋天，我在延安窑洞里，用从笔记本撕下的一片纸，写了一封万金家书。我离家已经六七年了，听人说父亲健康情况不好，长子不幸夭折，我心里很沉重。家乡还被敌人占据着，寄信很危险。但我实在控制不住对家庭的思念，我在这片白纸的正面，给父亲写了一封短信；在背面，给妻子写了几句话。她不认识字，父亲会念给她听。

这封信我先寄给在晋察冀工作的周小舟同志，烦他转交我的家中。一九四六年，我回到家里，妻子告诉我，收到了这封信。在一家人正要吃午饭的时候收到的这封信，父亲站在屋门口念了，一家人都哭了。我很感谢我们的交通站和周小舟同志，我不知道千里迢迢，关山阻隔，敌人封锁得那么紧，他们怎样把这封信送到了我的家。

这封信的内容，我是记得的，它的每句话都是有用的，有千斤重量的，也没保存下来。

一九七〇年十月起，至一九七二年四月，经人介绍，我与远在江西的一位女同志通信。发信频繁，一天一封，或两天一封或一天两封。查记录：一九七一年八月，我寄出去的信，已达一百一十二封。信，本来保存得很好，并由我装订成册，共为五册。后因变故，我都用来生火炉了。

这些信件,真实地记录了我那几年动荡不安的生活,无法倾诉的悲愤,以及只能向尚未见面的近似虚无缥缈的异性表露的内心。一旦毁弃了是很可惜的,但当时也只有这样付之一炬,心里才觉得干净。潮水一样的感情,几乎是无目的地倾泻而去,现在已经无法解释了。

自从文化大革命开始,断绝了写作的机会,从与她通讯,才又开始了我的文字生活,这是可以纪念的。这些信,训练了我久已放下了的笔,使我后来能够写文章时,手和脑并没有完全生疏、迟钝。这也可以说是失之东隅,收之桑榆吧。至于解放前后,我写给朋友们的信件,经过文化大革命,已所剩无几。这很难怪,我向来也不大保存朋友们的来信,但在文化大革命以前,曾在书柜里保存康濯同志的来信,有两大捆,约二百余封。文化大革命期间,接连不断地抄家,小女儿竟把这些信件烧毁了。太平以后,我很觉得对不起康濯同志,把详情告诉了他。而我写给他的信,被抄走,又送了回来,虽略有损失,听说还有一百多封。这可以说是迄今保存的我的书信的大宗了。他怎样处理这些信件,因为上述原因,我一直不好意思去过问。

先哲有言,信件较文章更能传达人的真实感情,更能表现本来面目。看来,信件的能否保存,远不及文章可靠。

文章如能发表，即使是油印、石印，也是此失彼存，有希望找到的。而信件寄出，保存与否，已非作者所能处置。遇有变故，最易遭灾，求其幸存，已经不易。况时过境迁，交游萍水，难以求其究竟乎！

一九八三年十月十六日

吃饭的故事

我幼小时，因为母亲没有奶水，家境又不富裕，体质就很不好。但从上了小学，一直到参加革命工作，一日三餐，还是能够维持的，并没有真正挨过饿。当然，常年吃的也不过是高粱小米，遇到荒年，也吃过野菜蝗虫，饽饽里也掺些谷糠。

一九三八年，参加抗日，在冀中吃得还是好的。离家近，花钱也方便，还经常吃吃小馆。后来到了阜平，就开始一天三钱油三钱盐的生活，吃不饱的时候就多了。吃不饱，就到野外去转悠，但转悠还是当不了吃饭。

菜汤里的萝卜条，一根赶着一根跑，像游鱼似的。有时是杨叶汤，一片追着一片，像飞蝶似的。又不断行军打仗，就是这样的饭食，也常常难以为继。

一九四四年到了延安，丰衣足食；不久我又当了教员，吃上小灶。

日本投降以后,我从张家口一个人徒步回家,每天行程百里,一路上吃的是派饭。有时夜晚赶到一处,桌上放着两个糠饼子,一碟干辣子,干涡得很,实在难以下咽,只好忍饥睡下,明天再碰运气。

到家以后,经过八年战争,随后是土地改革,家中又无劳动力,生活已经非常困难。我的妻子,就是想给我做些好吃的,也力不从心了。

此后几年, 我过的是到处吃派饭的生活。土改平分,我跟着工作组住在村里,吃派饭。工作组走了,我想写点东西,留在村里,还是吃派饭。对给我饭吃,给我房住的农民,特别有感情,总是恋恋不舍,不愿离开。在博野的大西章村,饶阳的大张岗村,都是如此。在土改正在进行时,农民对工作组是很热情的;经过急风暴雨,工作组一撤,农民或者因为分到的东西少,或者因为怕翻天,心情就很复杂了。我不离开,房东的态度,已经有很大的不同,首先表现在饭食上。后来有人警告我:继续留在村里,还有危险。我当时确实没有想到。

有时为了减轻家庭负担,我还带上大女儿,到一个农村去住几天,叫她跟着孩子们到地里去捡花生,或是跟着房东大娘纺线。我则体验生活,写点小说。

这种生活,实际上也是饥一顿,饱一顿,持续了有二三年的时间。

进城以后,算是结束了这种吃饭方式。

一九五三年,我又到安国县下乡半年。吃派饭有些不习惯,我就自己做饭,每天买点馒头,煮点挂面,炒个鸡蛋。按说这是好饭食,但有时我嫌麻烦,就三顿改为两顿,有时还是饿着肚子,到沙岗上去散步。

我还进城买些点心、冰糖,放在房东家的橱柜里。房东家有两房儿媳妇,都在如花之年,每逢我从外面回来,就一齐笑脸相迎说:

"老孙,我们又偷吃你的冰糖了。"

这样,吃到我肚子里去的,就很有限了。虽然如此,我还是很高兴的。能得到她们的欢心,我就忘记饥饿了。

一九八三年九月一日晨,大雨不能外出

父亲的记忆

父亲十六岁到安国县(原先叫祁州)学徒,是招赘在本村的一位姓吴的山西人介绍去的。这家店铺的字号叫永吉昌,东家是安国县北段村张姓。

店铺在城里石牌坊南。门前有一棵空心的老槐树。前院是柜房,后院是作坊——榨油和轧棉花。

我从十二岁到安国上学,就常常吃住在这里。每天掌灯以后,父亲坐在柜房的太师椅上,看着学徒们打算盘。管账的先生念着账本,人们跟着打,十来个算盘同时响,那声音是很整齐很清脆的。打了一通,学徒们报了结数,先生把数字记下来,说:去了。人们扫清算盘,又聚精会神地听着。

在这个时候,父亲总是坐在远离灯光的角落里,默默地抽着旱烟。

我后来听说，父亲也是先熬到先生这一席位，念了十几年账本，然后才当上了掌柜的。

夜晚，父亲睡在库房。那是放钱的地方，我很少进去，偶尔从撩起的门帘缝望进去，里面是很暗的。父亲就在这个地方，睡了二十几年，我是跟学徒们睡在一起的。

父亲是一九三七年，“七七”事变以后离开这家店铺的，那时兵荒马乱，东家也换了年轻一代人，不愿再经营这种传统的老式的买卖，要改营百货。父亲守旧，意见不合，等于是被辞退了。

父亲在那里，整整工作了四十年。每年回一次家，过一个正月十五。先是步行，后来骑驴，再后来是由叔父用牛车接送。我小的时候，常同父亲坐这个牛车。父亲很礼貌，总是在出城以后才上车，路过每个村庄，总是先下来，和街上的人打招呼，人们都称他为孙掌柜。

父亲好写字。那时学生意，一是练字，一是练算盘。学徒三年，一般的字就写得很可以了。人家都说父亲的字写得好，连母亲也这样说。他到天津做买卖时，买了一些旧字帖和破对联，拿回家来叫我临摹，父亲也很爱字画，也有一些收藏，都是很平常的作品。

抗战胜利后，我回到家里，看到父亲的身体很衰弱。

这些年闹日本，父亲带着一家人，东逃西奔，饭食也跟不上。父亲在店铺中吃惯了，在家过日子，舍不得吃些好的，进入老年，身体就不行了。见我回来了，父亲很高兴。有一天晚上，一家人坐在炕上闲话，我絮絮叨叨地说我在外面受了多少苦，担了多少惊。父亲忽然不高兴起来，说："在家里，也不容易！"回到自己屋里，妻抱怨说："你应该先说爹这些年不容易！"

那时农村实行合理负担，富裕人家要买公债，又遇上荒年，父亲不愿卖地，地是他的性命所在，不能从他手里卖去分毫。他先是动员家里人卖去首饰、衣服、家具，然后又步行到安国县老东家那里，求讨来一批钱，支持过去。他以为这样做很合理，对我详细地描述了他那时的心情和境遇，我只能默默地听着。

父亲是一九四七年五月去世的。春播时，他去耪耧，出了汗，回来就发烧，一病不起。立增叔到河间，把我叫回来。我到地委机关，请来一位医生，医术和药物都不好，没有什么效果。

父亲去世以后，我才感到有了家庭负担。我旧的观念很重，想给父亲立个碑，至少安个墓志。我和一位搞美术的同志，到店子头去看了一次石料，还求陈肇同志给撰写了一篇很简短的碑文。不久就土地改革了,一切无从谈起。

父亲对我很慈爱，从来没有打骂过我。到保定上学，是父亲送去的。他很希望我能成材，后来虽然有些失望，也只是存在心里,没有当面斥责过我。在我教书时,父亲对我说:“你能每年交我一个长工钱,我就满足了。”我连这一点也没有做到。

父亲对给他介绍工作的姓吴的老头,一直很尊敬。那老头后来过得很不如人,每逢我们家做些像样的饭食,父亲总是把他请来,让在正座。老头总是一边吃,一边用山西口音说:“我吃太多呀,我吃太多呀！”

一九八四年四月二十七日

上午寒流到来,夜雨泥浆

包袱皮儿

今年国庆节，在石家庄纺纱厂工作的大女儿来看望我。她每年来天津一次，总是选择这个不冷不热的季节。她从小在老家，跟着奶奶和母亲，学纺线织布，家里没有劳动力，她还要在田地里干活，到街上的水井去担水。十六岁的时候，跟我到天津，因为家里人口多，我负担重，把她送到纱厂。老家旧日的一套生活习惯，自从她母亲去世以后，就只有她知道一些了。

她问我有什么活儿没有，帮我做一做。我说："没有活儿。你长年在工厂不得休息，就在这里休息几天吧。"

可是她闲不住，闷得慌。新近有人给我买了两把藤椅，天气冷了，应该做个棉垫。我开开柜子给她找了些破布。我用的包袱皮儿，都是她母亲的旧物，有的是在文化大革命期间，被赶到小房子里，她带病用孩子们小时的衣服，拆毁缝成的。其中有一个白地紫花纹的，是过去日本的“人造丝”。我问她：“你还记得这个包袱皮吗？”

她说：“记得。爹，你太细了，很多东西还是旧的，过去很多年的。”

“不是细。是一种习惯。”我说，“东西没有破到实在不能用，我就不愿意把它扔掉。我铺的褥子，还是你在老家纺的粗线，你母亲织的呢！”

我找出了一条破裤和一件破衬衫，叫她去做椅垫，她拿到小女儿的家里去做。小女儿说：“我这里有的是新布，用那些破东西干什么？”

大女儿说：“咱爹叫用什么，我就只能用什么。”

那里有缝纫机，很快她就把椅垫做好拿回来了。

夜晚，我照例睡不好觉。先是围绕着那个日本“人造丝”包袱皮儿，想了很久：年轻时，我最喜爱书，妻最喜爱花布。那时乡下贩卖布头的很多，都是大城市裁缝铺的下脚料。有一次，去子文镇赶集，我买了一部石印的小书，一棵石榴树苗，还买了这块日本人造丝的布头，回家送给了妻子。她很高兴，说花色好看，但是不成材料，只能做包袱皮儿。她一直用着，经过抗日战争，解放战争，又带到天津，经过文化大革命，多次翻箱倒柜地抄家，一直到她去世。

她的遗物,死后变卖了一些,孩子们分用了一些。眼下就只有两个包袱皮儿了。这一件虽是日本“人造丝”,当时都说不坚实耐用,经历了整整五十年,它只有一点折裂,还是很完好的。而喜爱它、使用它的人,亡去已经有十年了。

我艰难入睡,梦见我携带妻儿老小,正在奔波旅行。住在一家店房,街上忽然喊叫,发大水了。我望见村外无边无际,滔滔的洪水。我跑到街上,又跑了回来,面对一家人发急,这样就又醒来了。

清晨,我对女儿叙述了这个梦境。女儿安慰我说:“梦见水了好,梦见大水更好。”

我说:“现在,只有你还能知道一些我的生活经历。”

一九八三年十月十二日晨

戏的续梦

过去,我写过一篇《戏的梦》,现在写《戏的续梦》。

俗话儿说,“隔行如隔山”;又说,“这行看着那行高”。的确不错。比如说,我是写文章的,却很羡慕演员,认为他们的生活,他们的艺术,神秘无比。对话剧、电影演员,倒没有什么,特别羡慕京剧演员,尤其是女演员。在我童年的时候,乡下的戏班,已经有了坤角儿,她们的演出,确实是引人入迷的。在庙会大戏棚里,当坤角儿一上场,特别是当演小放牛这类载歌载舞的戏剧时, 那真称得起万头攒动,如醉如狂。从这个印象出发,后来我就特别喜欢看花旦和武旦的戏,女扮男装的戏,比如《辛安驿》呀,《铁弓缘》呀,《虹霓关》呀等等。

三十年代初,我在北京当小职员,每月十八元钱,还要交六元钱的伙食费。但到了北京,如果不看戏,那不是大杀风景吗？因此，我每礼拜必定看一次京戏。那时北京名角很多，我不常去看，主要是看富连成和中华戏剧学校小科班的“日场戏”，每次花三四角钱，就可以了。

中华戏剧学校演出的地点，是东安市场的吉祥剧场。在这里，我看过无数次的戏，这个科班的“德和金玉”四班学生，我都看过。直到现在，还记得他们的名字。

每次散戏出场，我还恋恋不舍，余音缭绕在我的脑际。看到停放在市场大门一侧的、专为接送戏校演员的、那时还很少见到的、华贵排场的大轿车，对于演员这一行，就尤其感到羡慕不已了。

后来回到老家参加游击队打日本，就再也看不到京戏。庙会没有了，有时开会演些节目，都是外行强登台，文场没有文场，武场没有武场，实在引不起我这看过真正京戏的人的兴趣。

地方上原来也有几个京剧演员，其中也有女演员，凡有些名声的，这时都躲到大城市混饭吃去了。有一年春节，我们驻扎在保定附近一个村庄，听说这村里有一个唱花旦的女演员，从保定回来过节，我们曾想把她动员过来，给我们演几段戏。还没有计议好，人家就听到了风声，连夜逃回保定去了。

一九七二年春天,在一种特殊的情况下,我认识了一位演花旦和能反串小生的青年女演员。说是认识,也没有说过多少话。只是在去白洋淀体验生活时,我和她同坐一辆车。这可能是剧团对我们的优待,因为她是这个剧团的主要演员,我是新被任命的顾问,并被人称作首席顾问。虽然当了顾问,比过去当牛鬼蛇神稍微好听了一点,实际处境还是很糟。比如出发的这天早晨,家里有人还对我表示了极端的不尊重,我带着一肚子闷气上了车,我右边座位上就是这位女演员。

我上车来,她几乎没有任何表示,头一直望着窗外。我也没有说话,车就开动了。这是一辆北京牌吉普车,开车的是一位原来演武生,跌伤了腿,改学司机的青年。一路上,车开得很快,我不知道多么快,反正是风驰电掣、腾云驾雾一般。我想:不是改行,他满可以成为一名骆连翔式的"勇猛武生"。如果是现在,我一定要求他开慢一点,但在那个年月,我的经验是处处少开口为妙。另外,经过几年的摔打,什么危险,我也有些不在乎了。

路经保定,车辆到齐,要吃午饭,我提出开到一个好些的饭店门口,我请客。我觉得这是责无旁贷的事,却也没有人对我表示感谢。其实好些的饭店,也不过是卖炒饼,而饼又烙得厚，切得块大，炒得没滋味。饭后每人又喝了一碗所谓木樨汤。

然后又上路。到了新安县，天还早，在招待所休息一下，我们编剧组又一同绕着城墙，散步一番。我不记得当时这位女演员说过什么话。她穿得很普通，不上台，谁也看不出她是个演员来，这也是“文化革命”的结果。

听说，她刚刚休完产假。把孩子放在家里，有些不放心吧。她担任的那个主角，又不好演，唱段、武打很多，很是吃力。她虽然是主角，但她在台上，我看不到过去的花旦、武旦的可爱形象。她那一头短发，一身短袄裤，一顶戴在头上的破军帽，一支身上背的木制盒子枪，一举一动，都使旧有的京剧之美，女角之动人，在我的头脑里破灭了。可惜新的京剧之美，英雄之美，并没有在旧的基础上滋生出来。

在那些时候，我惊魂不定，终日迷迷惘惘，什么也不愿去多想，沉默寡言、应付着过日子。周围的人，安分守己的人，也都是这样过日子。不久，我得了痢疾，她和另外两位女演员，到我的住处看望我，这可能是奉领导之命，还提出要为我洗衣服，我当然不肯，向她们表示了谢意。

我们常常到外村体验生活，都是坐船去。有一次回来时天晚了,烟雾笼罩着水淀,我和这位演员坐在船头上,我穿着单衣,身上有些冷,从书包里取出一件棉背心,套在外面,然后又没精打采地蜷缩在那里。可能是这种奇怪的穿衣法,引起了她的兴致;也可能是想给她身边这位可怜的顾问增添点乐趣,提提精神,驱除寒冷,她忽然用京剧小生的腔调,笑了几声,使整个水淀都震荡,惊起几只水鸟,我才真正地欣赏了她的京剧才能,并感到了她对我的真诚的好意。

那些年月,对于得意或失意的人,成功或失败的人,造反或打倒的人,生者或死者,都算过去了,过去很久了。我也更衰老了,但心里保留了一幅那个年月人与人的关系的图表。因此,这些情景,还记得很清楚。

我十二岁的时候,父亲给我买了一本《京剧大观》,使我对京剧有了一些知识。在我流浪时,从军时,一个人苦闷或悲愤,徘徊或跋涉时,我都喊过几句京戏。在延安窑洞里,我曾请一位经过名师传授的同志去教我唱,因此对她产生了爱慕之情,并终于形成了痛苦的结果。在农村工作时,我常请一些民间乐手为我操琴,其实我唱得并不好。后来终于有机会和这个剧团的内行专家们,共同生活了几个月,虽然时候赶得不好,但也平平安安,相安无事。

今年春天,忽然有一位唱花脸的同志来看我,谈起了这段往事。我送给他一本书,随后又拿了一本,请他送给那位女演员。

一九八四年三月七日

唐官屯

虽然我在文章中,常常写到抗日战争和解放战争,实际上我并没有真正打过仗。我是一名文士,不是一名战士。我背过各式各样的小手枪,甚至背过盒子炮,但那都是装饰性的,为了好看。我没有放过一次枪,所以带上这种玩意儿,连自卫防身都说不上,有时还招祸。有一次离开队伍,一个人骑自行车走路,就因为腰里有一把橹子,差一点没被身后的歹人暗算。

所以说,我参加过战争,只是在战争的环境里,生活和工作过。或者说在战争的外围,战争的后方,转悠了那么十多年。

一九四八年初夏,我亲临了一次前线。那是解放战争中,青沧战役的攻取唐官屯战斗。我在抗日胜利后,回到了冀中区。区党委在一次会议中,号召作家们上前线,别人都没应声,我报了名。这并非由于我特别勇敢,或是觉悟比别人高。是因为我脸皮薄,上级一提及作家,我首先沉不住气。

我从河间骑自行车到青县,在一个村庄找到了军部,那里有我在抗日战争时期认识的一位诗人,是军的宣传部长。他又介绍我去找旅部,并把我送出村外,走了很远。他对我说:

“你没有打过仗,到那里又没有熟人,自己要特别注意。打起仗来,别人照顾不了你。”

他说得很恳切真诚,使我一直记得他当时的严肃神情和拳拳之意。

我到了旅部,旅政治部,有我在抗战学院时一个学生。这位学生,曾跟我在一个剧团里拉过胡琴。他向要去参加战斗的宣传科王科长介绍了我,要他在前方关照我。

第二天下午,王科长带着我参加了进攻唐官屯的战士行列。在路上,遇到一位也是来体验生活的同志,据说是茅盾的女婿,我和他一前一后走着。他牺牲在这次战斗里。

战斗开始后,王科长和我在唐官屯附近一个菜园里,菜园里有一间土屋,架有指挥部的电话。当战斗进行了十几分钟的时候，王科长带我去过河。河对岸的敌人碉堡，已经被摧毁。我不知道,战士们怎样过的河,很可能是涉水过去的。我们却要在河边等待撑过来的一只大笸箩。我看到河边有几具战士的尸体,被帆布掩盖起来。这时有一发炮弹落到河边,我在沙地上翻滚了几下,然后上到笸箩里,到了对岸。

到了对岸,天已经黑下来,王科长带我进了街。街的那一头还在战斗,他把我安置在一家店铺,就到前面做他的工作去了。

我一个人在店铺黑洞洞的屋里,整整坐了一夜,听着稀稀拉拉的枪炮声。黎明时,王科长才回来,他告诉我已经开仓济贫,叫我去看看市民们领取粮食的场面。

不到中午,这次战争就算胜利结束了,我们来时过的那条河上,已经搭起了浮桥,我从上面走了回来。

在这次战斗中,我没有得到什么战利品,反倒丢失了一条皮带，还有原来挂在皮带上的一只小洋瓷碗和一件毛背心。毛背心是用我年幼时一条大围巾,请一位女同志改织而成。这可能是遇到炮击时,我滚爬时失落的,也可能是丢在那家店铺里了。

直到现在,我还常常想起那位王科长。他高高的个儿，瘦瘦的脸上，流露着沉着机敏的神情。对我的负责照料，那就更不用说了。

关于这次到前线，我只是写了一篇简短的报道。

当然，没有打过仗的人，也可以把战争写得很生动很热闹，就像舞台上的武打一样，虽然绝对不是古代战争的真相，却能按照程式演得火炽非常。但我从来不敢吹牛，我在这方面有多少感受。因为我太缺乏战斗经验了。

两年以后，当我搬家来天津的时候，一天夜晚，全家人宿在唐官屯村头一家破败的大车店里。我又见到了那条河，想起了那用大帆布蒙盖着的战士尸体。但天色已经很暗，远处的景物，就都看不清楚了。说实在的，那时我正在为一家七口人的生活、衣食操劳焦心，再没有心情去详细回忆既往，观察目前。我甚至没有兴致向家人提说，过去我曾经跟着军队，在这里打过仗，差一点没有炸死在河边上。第二天黎明，就又登程赶路了。

一九八四年五月二日

移家天津
——《善闇室纪年》摘抄

一九四九年一月，我随《冀中导报》的人马，进入天津，在新办的《天津日报》工作。很多同志，都有眷属。过了春节，我也想回家去看看。还想像来时一样，骑那辆破自行车。可是没走出南市，我就退回来了。一是我骑车技术不行，街上人太多，一时出不了城。二是我方向也弄不清，怕走错了路。我到长途汽车站买了一张去河间的票，第二天清晨上车，天黑了才到河间。河间是熟地方，我投宿在新华书店，先去雇了一辆大车。第二天车夫又变了卦，不愿去了。我只好步行到肃宁，那里有一个熟识的纸厂，住了一宿，再坐纸厂去安国的大车，半路下车，走回老家。

这次回家，为了减轻家里的负担，把二女儿带出。先由她舅父用牛车把我们送到安国县，再买长途汽车票。那时的长途汽车，都是破旧的大卡车，卖票又没限制，路上不断抛锚。二女儿因为从小没有跟过我，一路上很规矩，她坐在车边，碰掉一个牙齿，也不敢哭。

到了天津，孩子住在我那间小屋里，我白天上班，她一个人在屋里，闷了就睡觉，有一天真哭了。我带她去投考附近的一所小学，老师随便考试了一下，就录取了。

以后，母亲随一位要去上海的亲戚，来天津一次；大女儿也随她堂叔父从河道坐船来天津一次，都住在我那间小屋里，都是住上十天半月，就又回老家了。

第二年春天，才轮到我的妻子来。我先写了一封信，说是要坐火车，不要坐汽车。结果她还是跟一个来天津的亲戚，到安国上的长途汽车，也是由小孩的舅父套牛车去送。她带着两个孩子，一个会跑，一个还抱着。车上人很挤，她怕把孩子挤坏，车到任邱，她就下车了，也不知道，任邱离天津还有多远。

那个带她们的亲戚，到了天津，也不到我的住处，只是往办公室打了一个电话说：

“你的家眷来了。”

我问在哪里，他才说在任邱什么店里。

我一听就急了，一边听电话，一边请身边的同志，把店名记下来。当即找报社的杨经理去商议。老杨先给了我一沓钞票，然后又派了一辆双套马车，由车夫老张和我去任邱。

我焦急不安。我知道，她从来没出过远门。只是娘家到婆家，婆家到娘家，像拐线子一样，在那只有八里路程的道上，来回走过。身边还有两个小孩子。最使我担心的，是她身上没有多少钱。那时家里已经不名一文，因此，一位邻居，托我给他的孩子在天津买一本小字典，我都要把发票寄给人家，叫人家把钱还给家里用。她这次来得仓促，我也没有寄钱给她们，实在说，我手里也没有多少钱。

不管我多么着急，大车也只能明天出发，不能当晚出发。第二天，车夫老张又要按部就班地准备，等到开车，已经是上午九点了。在路上打尖时，我迎住了一辆往南开的汽车，请司机带一个纸条，到任邱交给店里。后来知道，人家也没照办。

第二天下午三点左右，才到了任邱，找到了那家店房。妻和两个孩子，住在店掌柜的家里。早有人送了信去，都过来了。我要了几碗烩饼，叫她们饱吃一顿。

妻一见我，就埋怨：为什么昨天还不来。我没有说话。她说已经有两顿不敢吃饭了，在街上买了一点棒子面，到野地去捡些树枝，给男孩子煮点粥。

她去和店家的女主人说了说，当晚我也和她们住在一起。那时老区人和人的关系，还是很朴实的。

第二天一早，告别店主，一家人上车赶路，天晚宿在唐官屯店中，睡在只有一张破席的炕上。荒村野店，也有爱情。

她来时，家里只有一件她自己织的粗布小褂，也穿得半旧了。向邻家借了一件旧阴丹士林褂子，穿在身上。到了天津，我去买了两丈蓝布，她在我屋里缝制了一身新衣。

我每天上班，小屋里住了一家四五口人，不得安静。几口人吃公家的饭，也不合适。住了大约有半月时间，我就叫她回去。先是说跟报社一位同志坐火车走，我把她们送到车站，上车的人太多，太拥挤，怕她带不好孩子，又退票回来了。过了几天，有《河北日报》的汽车回去，她们跟人家的车，先到保定，在那里工作的熟人，照顾她们，给雇了一辆大车，回到家里，正是麦收时候。

又过了半年，报社实行薪金制，我的稿费收入也多些了，才又把她们接出。稍后又把母亲和大女儿接出，托报社老崔同志，买了米面炉灶，算是在天津安了家。

我对故乡的感情很深。虽然从十二岁起，就经常外出，但每次回家，一望见自己家里屋顶上的炊烟，心里就升起一种难以表达难以抑制的幸福感情。我想:我一定老死故乡,不会流寓外地的。但终于离开了,并且终于携家带口地离开了。

一九八四年四月二十三日

红十字医院

——病期经历之一

一九五六年秋天，我的病显得很重，就像一个突然撒了气的皮球一样，人一点精神也没有了，天地的颜色，在我的眼里也变暗了，感到自己就要死亡，悲观得很。其实这是长期失眠，神经衰弱到了极点的表现。家里人和同事们，都为我的身体担心，也都觉得我活不长了。康濯同志来天津看我，就很伤感地说："我给你编个集子，还要写一篇长一些的后记。唉，恐怕你是看不到了。"

在天津的医院，胡乱看了几个月，中药西药吃得也不少，并不见效。那时王亢之同志管文教，介绍的都是天津的名医。

为了静养，又从家里搬到睦南道招待所，住了几个月，也不见效。

到了第二年春天，我被送进了北京红十字医院。这是一家新建的医院,设备很好,还有宽敞的庭院。经郭春元同志介绍,在该院任总务处长的董廷璧同志给我办了住院手续。董同志是蠡县人,为人慷慨热情,他的很多同乡,包括郭春元同志,都是我的朋友,所以对我照顾得很周到。

我住在楼上靠边的一间单人病房里,有洗澡间。室内的陈设很讲究,光线很充足,周围很安静。吃饭时,有护士端来,饭菜很好。护士坐在一边,看着我吃,一边不断地称赞铜蒸锅里的菜,做得如何好,叫我多吃些。

可惜我那时什么也吃不下。护士长还指着那些护士对我说:“喜欢谁,就叫谁陪你玩玩。”可惜我什么也不想玩。

每天晚上,叫我做松节油浴,白天有时还带我到大理疗室做水疗。

医院的护士,都是新从苏杭一带招来的南方姑娘。都穿着丝绸白衣,戴着有披肩的护士帽,走起路来,轻盈敏捷,真像天使一般。每天晚上我睡下后,床头柜上有一盏蓝色灯光的小灯,灯光照在白色的墙壁上和下垂的窗帘上,像是一种梦境。然而,我只能在吃过烈性的安眠药以后才得入睡。护士照顾我服药以后,还站在床边,给我做按摩,听着我呼吸匀称了,才轻轻地离去。其实,我常常并没有入睡。

医院为我想尽了办法,又叫我去做体疗。每个病人拿一根金箍棒似的棍子,在手里摆动着,大家环成一个圈,走一阵就完事。我觉得有些好笑,如果我早些时候知道要棍儿,我可能就不会得这种病了。现在要得晚了些。

应该补叙,在这一时期,北京所有的朋友,也都为我帮忙。中央宣传部的秘书长李之琏同志,北京市委的张青季同志,是我中学时的同学,抗日时期的战友,也都是蠡县人。他们为我请来北京市的名医会诊。丁玲同志那时处境已经不大好,叫葛文同志带信来看我,说是不是请湖南医学院的一位李大夫来给我看病。后来,这位大夫终于到了我的病房。他主要是给我讲解,例如神经系统怎样容易得病呀,应该如何医治呀,第一信号、第二信号呀。他讲话声音很高,有时脸涨得通红。他是哲学家、经济学家李达教授的儿子。

他给我讲了两三次,然后叫我吃一种药。据说是一种兴奋药,外国学生考试时常吃的。我吃过以后,觉得精神好了一些。后来医院认为这种病不宜长期住在医院,我就到小汤山疗养院去了。

我从来没住过医院,没有住过这样好的房间,没有吃过这样好的饭食。这次住进了这样高级的医院,还有这么多的人关心和服侍。在我病好以后,我常常想,这也是我跟着革命队伍跑了几年的结果，同志们给了我优惠的待遇;那时人和人的关系,也深深刻印在我的记忆中了。

一九八四年五月七日

耕堂读书记

买《王国维遗书》记

一

一九八三年十月二十四日，金梅同志代购《王国维遗书》一部，共十六册，价二十六元。此书系上海古籍书店据商务印书馆原印本影印。

我在中学读书时，曾买商务排印本《宋元戏曲史》一本，系读王氏著作之始。稍后买《人间词话》，朴社所印。这些书都已于战乱中遗失。

进城后，为弥补此缺，先买《王国维戏曲论文集》一册，包括王氏戏曲研究著作八种，只缺《曲录》，中国戏剧出版社，一九五七年出版。后在北京东安市场旧书摊，见线装《王忠悫公遗书》十数册，因不知全否，且虑价昂，未敢问津而止。一九五九年，中华书局影印《观堂集林》出版，购买一部，共四册，也是根据商务所印全集本，但删去诗词杂文二卷，另加别集中考证文字二卷，以为“王氏所作关于古代史料、古器物及文字学、音韵学等重要论文，大体已包括在内”。

今查所删诗词杂文二卷篇目，不只诗词，有关王氏生平身世，思想见解，颇为重要，且与所作研究，所成学术，有密切关系，可以互相参稽；即杂文中，有很多篇，就是有关以上几方面的重要文章。我以为中华本《观堂集林》所以要删除这些文字，是在当时的极“左”思潮影响下，见到其中有些涉及逊清“帝室”的文字，认为是封建糟粕，不得不删。其实，研究王国维的东西，避开这些是不应该的，是不可能的。

另外，中华本的《观堂集林》，还删去了罗振玉和蒋汝藻的两篇序文，理由恐与上述同。但一部大书，缺少了序，一开卷便是光秃秃的正文，读起来是不方便的，也会减少兴味的。蒋序没有什么学术价值，罗序还是可以一读的。此外，中华本有断句，但水平不高，我能读断的，断者亦断；我不能读断的，断者亦阙如。如此，实可不断也。

此后，在我大买旧书的期间，又买到一本线装的《观堂外集》。薄薄一册，首列所译斯坦因《流沙访古记》，主要记斯氏攫取敦煌石室宝物经过。次为“丙午以前诗”。再次为“人间词”。系罗福成辑印于天津者。

因为早已购置了以上的书，这次再买遗书之前，曾有踌躇。以为所缺者，当系考古研究方面的专门著作，对自己用处不大，但窥全之念又甚切，终于买了。

二

我的藏书中，有一本罗振玉撰写的“丁戌稿”。其中有关王国维的文章共有四篇：《王忠悫公遗书序》；《海宁王忠悫公传》；《王忠悫公别传》；《祭王忠悫公文》。

《序》为罗氏所刊王氏《遗书》的序言，中记王国维逸事二则，以证明“唯公有过人之识，故其为学亦理解洞明”者。

《传》记王国维幼年聪明，“读书通敏……年未冠文名噪于乡里”，“再应乡举不中，乃致力于古诗文”，中日战役后，汪康年创办《时务报》，于上海，王国维为了生活，给他司书记。后罗振玉创东文学社，王往就读。后又由罗资助留学日本。因病归国，于南通师范学校主讲哲学、心理、伦理诸学科。成名后，在清学部总务司行走，历充图书馆编译，名词馆协修。辛亥革命，又东渡日本。在日本，初仍治东西洋学术,复从藤田博士治欧文及西洋哲学、文学、美术,尤喜韩图(王氏译音为汗德)、叔本华、尼采诸家之说。此时罗振玉认为尼采诸家学说，流弊滋多，劝他放弃所学,“反经信古”。王“闻而慄然自怼,以前所学未醇,取行箧《静安文集》百余册,咸摧烧之。”

我读到这里,有两种感想:一是罗振玉的复古思想,改变了王国维的学习进程。如果不是他这种倒退主张,王国维的学术道路,还可能向更新更进步的方向走去。应该说明,这时王国维是“携家相从”,在生活和别的方面,可能要仰仗罗振玉,所以他这样听从罗的话,并表现得这样坚决。二是,从这件事,我初步看出王国维的性格,有些病态,即所谓“狂易”,这对他后来的结束,是一脉相连的。

罗振玉接着叙述:“公居海东,既尽弃所学,乃寝馈于往岁予所赠诸家书,予又尽出大云书库藏书三十万卷,古器物铭识拓本数千通,古彝器及他古器物千余品,恣公搜讨,复与海外学者移书论学。”

后来王国维归国,给退位而仍僭居皇宫的溥仪,“供奉南书房”。“食五品俸,赐紫禁城骑马,命检昭阳殿书籍”。后来“值宫门之变,公援主辱臣死之义,欲自沉神武门御河者再,皆不果及”。

这又说明，在王国维自沉颐和园昆明湖以前，他已经有过这种表现了。然罗文述王之死因，有“今年夏南势北渐，危且益甚”语。“今年”，即一九二七年。则王之恐怖革命，促其自尽之说，亦为有因矣。

《别传》只有一个内容，就是介绍王国维的《论政学疏草》。这篇疏草表现了王国维对世界形势，中西政治文化及其效果的见解，看来非常重要。他认为“西人之说，大率过偏而失其中，执一而忘其余”。“与民休息之术，莫尚于黄老，而长治久安之道，莫备于周孔”。因而排斥新说，主张传统。但此疏是由罗振玉转述，意义恐还有些出入。

我想：这是给“皇帝”上言，王国维也得选择一些投合口味的话。又因为他的职务所在，他的立论，也必须设法维护皇家和自己的地位和利益。这些见解，不一定都是王国维当时心里的话，其中恐怕有很多矛盾，有很多他自己不能解脱的困难，这些都会加深他的痛苦，促进其死亡。

最有趣也最无味的，是最后一篇《祭王忠悫公文》。开头说：“海宁王忠悫公，既完大节，事闻，天子哀悼，群伦震动。其友罗振玉为位以哭，复至都门经纪其丧。”紧接着说，当年王国维如何“暗然无闻于当世”，罗如何“知为伟器，为谋月廪”。以后王“蔚然成硕儒”，两人一同“供奉南斋”,“十月之变”,如何“约同死”。罗振玉说:他自己“自甲子以来,盖犯三死而未死”。每次都有不死之由。这次老友故去,本应也决心死去了,又念:“公死,恩遇之隆,振古未有。予若继公死,悠悠之口,或且谓予希恩泽。”就是说,怕别人议论他,也想得到王国维死后的好处,所以又不死了。王国维得到什么好处呢?不过是流亡皇帝的“予谥忠悫,派贝子致奠,给陀罗经被,并赏银二千元治丧”而已。这真是不值一顾的“末世之荣”了。

对于罗氏,所知甚少,其于古籍文物,似亦颇有搜罗传播之劳绩。然读此文后,深感此公之无聊,扭捏作态,自忘其丑,虚伪已极,恬不知耻矣。

三

其实像罗振玉这样的人,无论如何,是不会自杀身死的。当时围绕着退位皇帝,分得一些好处的所有遗老遗少,都不会为了皇帝蒙尘而死去。但像王国维这样的书呆子却自杀了。在闹剧一般的,重温旧梦的肮脏一群中,增加了一点悲剧性质,直到现在还为一些崇拜王氏学术的人们所萦念。所念者自非仅是王氏的学术,也是他的天才横死的不幸了。

王国维的学问，在当时一辈人中，可以称得鸿博浩瀚。在阅历方面，他曾到日本留学，也能以英文译书报。对于国内外重大政治动向，也不是不关心，不了解，并非很闭塞的人。在当时，尤其是张勋复辟失败之后，就是一些粗野的军阀，无知的政客，都知道在中国再实现帝制为不可能。像王国维这样的知识分子，能以自己的生命，去殉烟消火灭的“清室”？王国维的死因很复杂，有时代环境的因素，但主要是他个人悲剧性的因素，即心理与病理的因素。

他的处境，充满矛盾。他的声名，毁誉交加。中国理学性命之说，西洋哲学唯心之论，深刻地，矛盾交织地，影响着他的人生观，使他产生了厌世思想，以死求得解脱的病态心理。

如果罗振玉所记述的都属实，那么罗振玉对王国维的识拔、资助、教诲，使他成为一个名副其实的“国学家”。但在政治上，却把他推到了一个死角，带到了一个绝境。平心而论，不能把过错，都推到罗氏的身上，王国维也有自己选择的余地，所以只能说是王氏个人的悲剧。

学识，学识。然有学者未必有识，有识者未必有学。这样的例子，是很多的。钻进一个小天地，研究一种学科，名声很大，自己就以为既有过人之学，就有过人之识，这是会害了自己的。说王国维很有学问,斯可矣,但如罗振玉所言:“唯公有过人之识,故其为学,亦理解洞明。世人徒惊公之学,而不知公之达识,固未足以知公。即重公节行,而不知公乃智仁兼尽,亦知公未尽也。”这就不是我所能相信的了。

人无学,仍可以操斧而作,荷耒而耕,阳光雨露,得其自然。有学而无识,则易矛盾百出,进退失据,心身交瘁。即如孔融与曹操论盛孝章书中所说的:“若使忧能伤人,此子不得永年矣!”王国维的悲剧,就在于他学问过深,识见太浅了。

王氏在学术成就上的特点,是深邃精密。其得力之处,从他个人来说,为旧学根柢很深,所见古代器物甚广;从他所处的时代说,则外来的一些科学知识,治学方法,也促进了他的成就;至于他在文艺评论方面的许多新的创见,除去外来影响,因为他本身是一位诗词作者,所以能谈出一些他人不能道出的新鲜道理来。

遗书洋洋大观,但为求全求大而辑入者亦不少,此乃历来编辑遗书的通病。我有兴趣也能读得懂的,不过还是早已购买的那些文艺方面的著作。过去想读而没有,存于遗书之中的是《静安文集》和《续集》。他的散文,明达而畅晓,不尚文采,而取准确翔实。这些作品,虽只占遗书的一小部分，但能读到，就算没有白买这部大著作了。

四

罗振玉在传中所记王氏之生平学历，与王氏所作“自叙”，无大出入。因知罗氏虽于文中掺杂一些自己对王的恩惠知遇，实系多年老友，知之甚深，所记材料，究比他人言者，为可信也。

王氏弃新学，专注旧学以后，认为“中国新发见之学问”有五项：(一)殷墟甲骨文字；(二)敦煌塞上及西域各地之简牍；(三)敦煌千佛洞之六朝唐人所书卷轴；(四)内阁大库之书籍档案；(五)中国境内之古外族遗文。其中除内阁大库文书，鲁迅曾著文证明并无多少稀奇之物；古外族遗文，王氏知识不敷，两项并未做出多少成绩外，其他三方面，他都做出了出色的研究。过去，我曾慕名，用一百元高价，买了一部《流沙坠简》，序文、考释部分，系王氏手笔。我虽外行，也能看出王氏考证之严密，参稽之精确，叹为治学之道，无以复加，学问之通博充实，后难有继。

王氏对古代地理历史，特别是古代西北边陲的地理历史的研究，收获甚丰，为人推重，实际也受益于西洋历史科学。但他在后期，对西洋的自然科学，持菲薄态度。他说:“夫科学之所能驭者,空间也,时间也,物质也。人类与动植物之躯体也。然其结构愈复杂,则科学之律令,愈不确实。至于人心之灵,及人类所构成之社会国家,则有民族之特性,数千年之历史,与其周围之一切环境,万不能以科学之法治之。”对西方的历史科学,承认其进步,但贬低其效果。他说,“至西洋近百年中,自然科学与历史科学之进步,诚为深邃精密,然不过少数学问家,用以研究物理,考证事实,琢磨心思,消遣岁月斯可矣……亦犹富人之华服,大家之古玩,可以饰观瞻,而不足以养口体。是以欧战以后,彼土有识之士,乃转而崇拜东方之学术。”(以上引文均见《论政学疏草》)

王国维把自己用苦功研究的东西,看成是无补实际,脱离人民的东西,说明他不只对生活现实,失去信心;对他致力的学术,也失去信心了。而西人崇拜东方之论,也不过是当时守旧派的陈词滥调。“因为外国人也喜欢这个,所以我们就死抱住这个。”好像不是为了中国人而研究学术,反是为了外国人而研究学术了。

事实是,当清末民初,我国处在弱肉强食的悲惨时代,无论日本、英、美、法各国,都在一方面用军事力量侵略我们,又一方面掠夺、搜求、研究、赞美我们的“东方文化”。

当时有识之士，洞察了帝国主义的阴谋，反其道而行之：吸收外国进步的，于我有用的东西，批判自己固有的，腐朽落后的东西，因而逐步摆脱了我们民族的困难处境。帝国主义的学者们，乃与当时的清朝遗老们一唱一和，这也是有其历史的必然性的。

五

王有一篇《文学小言》，凡十七条，说明其文学见解。他以为：文学起源于剩余精力，与儿童之游戏同。因此，文学无功利，文学无名利。景与情为文学二元素，文学作品为主客观之交代。他认为天才难产，天才多痛苦。“天才者，天之所靳，人之不幸也。”天才又须人格高尚，“济之以学问，帅之以德性”，才能产生真正的大文学家。文学家必须“感自己之感，言自己之言”，“感情真者，观物亦真”。

这些主张，有些来源于西洋唯心主义的文艺理论，有些是归纳出来的文学规律，有些则带有主观片面性。例如第十七条，王氏反对“以文学为职业”。以为“职业的文学家，以文学得生活；而专门之文学家，为文学而生活”。认为“以文学为职业，餔啜的文学也”。这真是本末倒置，闭着眼睛说话了。不先得生活，何以有文学？只是“为文学而生活”,生活得下去吗?人不铺啜,何以生存?莫非王氏主张文学只能是业余的吗?然其他职业,也都是为了铺啜。王氏写这篇文章时,职业作家尚少,不然会群起而攻之了。

王氏这些主张,亦运用在他的《人间词话》一书中,因脍炙人口,不论。他这些观点,来源于他当时正在热衷的叔本华、尼采等人的唯心哲学。以为哲学、文学,都可以脱离社会、政治,而独立存在。是“不能以利禄劝”的,甚至可以与社会兴味“相刺谬”。这些主张,与王国维所处的现实生活,发生很大矛盾,造成他的很大痛苦。愈感到痛苦,他愈信奉这种学说,把叔本华等视若神明。王氏在很多文字中,谈到人生必然带来的种种痛苦,主张文学是解脱痛苦的一种方法,因而把文学的作用,降低到“消遣”两个字上。

这些见解,在当时的中国,不失为新鲜之物。加上王氏的文学知识,创作体会,相互生发,又运用到文艺评论上,他这些观点,很为人们乐于称道。

“五四”新文化运动以后,知识界渐渐对这些理论淡漠了。国内外现实主义的文学创作的大量涌现,辩证唯物主义的哲学思想的冲激,人们对他这种理论,就疑信参半了。

历来的唯心主义文学家,都强调文学家的主观的、意志的力量,都梦想把文学超驾于国家、社会、政治、法律之上,成为凌空天上的东西。结果只能造成文学和作家本身的悲剧。道理是很简单的:作家既不能脱离社会而存在,作品也只能在社会中生存。作家厌恶世俗,而作品必须从世俗中产生。世界上可能有人间天上的作品,但不会有人间天上的作家。

王国维理论上的这些主张,在他本身的创作实践中,就不能兑现。他当时的社会处境,使他不得不歌挽“太后”,不得不颂扬“相国”,不得不代别人捉刀,不得不为衣食屈膝。社会、政治,都要在他的作品中得到反映,打下历史的印记。

六

王国维在青年时期,接触了西洋哲学、文艺这一新天地,他表现了极大的学习热情。他研究哲学、美学、伦理学、遗传学。他发表对大学教育课程的意见,强调哲学、美学的重要。他一度醉心西洋的戏剧和史诗,认为中国不能与之伦比。并想有所尝试。这些文章,都有文采锋芒,充满热情和希冀。但因为生活道路的曲折变化,他后来竟把这些文章看成“不醇”,付之一炬。现在的《静安文集》及其续集,乃是其门人后来收集起来的。这使我们想起鲁迅记述章太炎对待早年作品的态度。这种心理,后人是很难理解的。清末民初，一些知识分子，最初对西洋文化，如饥如渴，如醉如狂，但过了不久，原来解放了思想的人，又退回到家门以内去了。又去抱残守缺，研究“国学”。有的虽成绩很大，但他们的名字，渐渐为青年人所遗忘。他们青年时期的奋发自强，热烈的追求和探索，也被他们自己抹杀了。写到这里，不禁叹息！历史前进的途径，有曲折反复，因而使人之思想行为，有曲折反复乎？抑或人的思想行为的反复，乃使历史的前行，迂回缓慢乎？驽钝如余，不得而知矣！

一九八三年十二月十七日下午四时改讫

买《魏书》、《北齐书》记

一

一九八〇年五月七日，沈金梅同志，从北京代购中华书局标点本《魏书》一部，计八册；《北齐书》一部，计二册。我的二十四史为“百衲本”，但非商务印书馆影印的百衲本，而是晚清以来，各书局各种版本的杂烩。善本甚少，阅读、贮存均不便。所缺数种，拟以标点本充之。今见此书，卷帙亦甚繁重，且有污损。今日修整，甚感劳顿。年已老，日后仍以少买书为佳也。

国家组织人力,整理标点二十四史及《资治通鉴》等书,传播文化,嘉惠后学,可以说是一种千古盛事。经过整理的二十四史,从方便阅读方面说,比以前各书局所出的石印本、铅印本要好得多。

但每部书前面的出版说明,却写得很是八股,盛气凌人。单纯以阶级斗争为纲,评价一部古书,不只有诬古人,也违反历史唯物、辩证唯物之义。标点本《魏书》,出版于一九七四年,出版说明,加入了批判“兴灭国,继绝世,举逸民”的内容。引用“语录”,也未免牵强附会。既然重印,批判一通之后,又不得不承认其多种价值,立论也就自相矛盾。当然,这种写法,自有其时代历史背景,作者的“局限性”,也可能为后世读者所谅解吧。

二

《魏书》号称“秽史”,初不知其秽在何处。是内容芜杂呢?还是所记多猥亵之事?读了一些篇章,发见《魏书》文字典雅,记事明断,虽不能说是史书中的上乘,但也很够一代文献资格,实在谈不上一个秽字。

《魏书》为魏收所总纂,他的传记,载在《北齐书》。

魏收，字伯起，巨鹿人。他生于宦家，十五岁学习作文。读书很用功，“夏月，坐板床，随树荫讽诵，积年，板床为之锐减”。他文思敏捷，“下笔便就，不立稿草”。但为人轻佻，绰号“惊蛱蝶”。奉使梁朝，竟然买吴婢入馆，遍行奸秽。因此，人称其才，而卑其行。

修魏史时，所引史官，都是依附他的人。有的并非史才，有的“全不堪编辑”。参加修史的人，自行方便，“祖宗姻戚，多被书录，饰以美言”。魏收是总编辑，并吹出大话：“何物小子，敢共魏收作色？举之则使上天，按之当使入地。”这就太不像话了。

当时言论，都说魏收著史不公平，皇帝“诏收于尚书省与诸家子孙共加论讨”。这场辩论，皇帝亲临，空气非常紧张。虽然表面上，魏收占了上风，告状的人，被定为“谤史”，“鞭配甲坊，或因以致死”。魏收也受到皇帝的责难，战栗不止。《魏书》也奉命“且勿施行，令群官博议”。于是“众口喧然，号为‘秽史’”。

后来，魏收又奉诏，对史书更加研审，颇有改正。但“既缘史笔，多憾于人，齐亡之岁，收家被发，弃其骨于外”，这种结果，在历代史官中，恐怕是最不幸的了。

三

其实,魏收虽然监修《魏书》,大的关节,他是做不了主张,要看皇帝的意图的。但在一些不显著,不甚重要的地方,他还是可以施展才华,上下其手,或加美言,或加恶语的。这些地方,皇帝不一定留意去看,但所记的那些人,或那些人的子孙,是一定要看的,特别关心的。另外,给谁立传,或是不给谁立传;给谁立正传,或是给谁立附传;谁的文字长,谁的文字短,这都是是非所在,恩怨所系,编撰者和监修者,应当慎重从事,公平对待的。而像魏收这样的人,却是意气用事,很难趋于公平的。虽然史书要求秉笔直书,但因政治的要求,史官的爱恶,即使是良史,恐也难于达到真正的直。求其大体存实而已。特别是像《魏书》这部著作,修书与时代相近,魏、齐两朝相连,一些当事人的后代,都在朝中做官,就更注意其中的褒贬,因为这不只是祖先的名誉问题,也是现实的政治问题了。

魏收自视甚高,性又褊急,他的著述生涯,他的官运,也不是那么顺利的。他受过箠楚,皇帝在宴会时,还让大臣们,当面开他的玩笑,揭他的短处。有时皇帝高兴了,也当面夸奖他几句。说他有文才,说他比那些武将还有用处。甚至说:“我后世身名在卿手,勿谓我不知。”我们知道,魏、齐的那些皇帝,都是什么人物。在这种环境下,魏收能把这部著作,终于完成,也可以说是够坚韧的了。他所处的境地,皇帝给他的待遇,也不外是司马迁所叹息的“倡优畜之”而已。

这部《魏书》,虽被有恶名,然终不能废,也没有别人的著作,能把它代替。列于诸史之林,堂而皇之,不稍逊色。这是因为时过境迁,朝代更替,利害的关系,感情的作用,越来越淡漠了。谁好谁坏,都已经成为历史,甚至古代史,与读者任何人,都没有关联了。时间越久,史事无证,越没有别的书能代替它,它就越被读者重视,因为它究竟还是当时的人撰述的最可靠的材料。古书的神秘神圣之处,也就在这里。

四

魏收是很有文才的,他当时所作文、檄、诏、诰,为皇家起过很大的作用。齐文襄曾称赞他:“在朝今有魏收,便是国之光彩,雅俗文墨,通达纵横。我亦使子才、子升时有所作,至于词气,并不及之。”

温子升、邢邵,是魏收同时代的文士。他们各有朋党,互相拆台:

> 收每议陋邢邵文。邵又云："江南任昉，文体本疏，魏收非直模拟，亦大偷窃。"魏收乃曰："伊常于沈约集中作贼，何意道我偷任昉。"任、沈俱有重名，邢、魏各有所好。武平中，黄门郎颜之推以二公意问仆射祖珽，珽答曰："见邢、魏之臧否，即是任、沈之优劣。"收以温子升全不作赋，邢虽有一两首，又非所长，常云："会须作赋，始成大才士。唯以表章碑志自许，此外更同儿戏。"

祖珽话的意思是：看一个作家的高下，先要看他的师承。魏收的话，如果拿今天的情况来解释，就是：只能写些短小文章的人，算不得大作家，必须有几部长篇，才能压众。文人相轻，自古而然。如果生于同时，在一处工作，则相轻尤甚。因为这涉及到是否被天子重用，官品职位。想起来，这也很可悲，心理状态，几同于婢妾之流。

《北齐书》魏收传中，只保存了他的一篇赋，题为《枕中篇》。这篇文章，以管子的话"任之重者莫如身，途之畏者莫如口，期之远者莫如年。以重任行畏途，至远期，惟君子为能及矣"作为引子，说明"知几虑微，斯亡则稀。既察且慎，福禄攸归”的道理。文章虽然有些啰嗦,但文词很漂亮。证明他的文才,是名不虚传的。但这篇赋,不常见于文学选本,可能是因为作者的名声不大好的缘故。传中说他硕学大才,但不能达命体道,“见当途贵游,每以颜色相悦”。这与他这篇文字所表达的思想,是很矛盾的。但又说他:“然提奖后辈,以名行为先,浮华轻险之徒,虽有才能,弗重也。”这就证明魏收这个人,性格言行,都是很复杂,很不一致的了。

五

文人处世,有个人的特征,有时代的样式。历代生活环境不同,政治情况各异,他们的作品,他们的作风,他们对生活的态度,他们理想的发生,都不会一样,都有时代的烙印。先秦两汉,盛唐北宋,号称太平盛世,文士众多,文章丰富。而南北朝、五代、南宋、明末之时,文人的生活处境及政治处境,就特别困扰艰辛。反映在他们处世态度和作品之中的,就很难为太平盛世的人民所理解。南北朝时期,是个动乱的时期,北朝文人很少,他们的生活,尤其动荡不安,流传下来的作品不多,但都深刻地反映了这种动乱。

我们今天谈论魏收,也不过就一篇简短的传记,零散的材料,勉作知人论世的试探,究竟有多少科学性,就很难说了。检藏书,李慈铭《越缦堂日记》,王鸣盛《十七史商榷》,赵翼《二十二史考异》,对魏收的《魏书》,均有评述。李氏认为像北齐的帝王,还知道重视文人的工作,重视历史的修撰,足见文章为经国之大业,即武夫出身者,亦不能漠然视之。这种感慨,是李氏的夫子自道,宦情的急迫表现。王氏所述,议论平和,他以为《魏书》之所以受人攻难,是因为后来几次有人想重修这部史书,既然想重修,就要宣扬原作的种种缺失。他并且说,魏收的著作,列之正史,并无愧色,可谓先得我心矣。赵氏在列举《魏史》的不公之处以后,又列举该书中的惊人直笔,这足见抹杀这部著作,把它笼统地称为“秽史”,是不应该的了。这部书,受这样不公正的待遇,不是著作本身的原因,而是当时及稍后的政治的原因。

魏收在《枕中篇》中说:

> 闻诸君子,雅道之士,游遨经术,厌饫文史。笔有奇峰,谈有胜理。孝悌之至,神明通矣。审道而行,量路而止。自我及物,先人后己。情无系于荣悴,心靡滞于愠喜。不养望于丘壑,不待价于城市。言行相顾,慎终犹始。

这些文字,可以说是闻道之言矣。然而魏收终于没有做到,或者说,他没有能完全做到。他的言行是不一的,他的希求是没有止境的。他的一些行为,是有违先哲的教导的。但究其原因,并非像标点本的前言,说得那样简单。有些事,是他应该做到的,这要由他负责任。有些事是当时政治不允许的,他不能去做;有些事是环境影响他,他顺应地去做了。然收究非完人,在文士中,也非敦立名节的人物,受到的一些责罚坎坷,可以说咎由自取。因此摘记其言行之显著者,使知其是非矛盾之处,以为借鉴焉。

一九八四年一月二十二日

买《饮冰室文集》记

一

我在保定求学时,最初见到的《饮冰室文集》,是精装两厚册,摆在书架上,就像两部大词典。我从来没有想购置这一部书,也没有想去读它。那时梁启超已经是过时的人物。历史上有些人物,不管他当时多么名声赫赫,叱咤风云，他的著作，能使洛阳纸贵，家喻户晓，字字句句，被人称作至理名言。一旦被认为过时，就会很轻易地被人遗忘，他的著作，也就会很随便地弃置在风尘之中。

梁启超在清末民初之际，可以称得起举足轻重的政治人物。戊戌政变，康梁并称，袁氏帝制，为了不让他发表一篇《异哉所谓国体问题者》，馈送他十万元巨款，另附其他贵重礼物，他没有收。他的文章，也可以说是一字千金的了。但不到三十年，我上中学时，就只在课堂读过他一篇《小说与群治之关系》。此外，对于这位一代文豪，就非常漠然了。

那时，已是“五四”运动之后，思想界，已经有了新的潮流，新的代表人物，来吸引青年一代。

二

一九六五年春季，我终于购买了这部文集。这并不是我急于要读它，是我那时有些闲钱，想当藏书家。清人的文集，已购置多种，在章太炎之后，我就想到了梁启超。但买来的《饮冰室文集》，是中华书局的仿宋线装本，八十册，共十函。这样大部头的文集，在梁氏以前，没有见过。惮其浩瀚，一直没有动。经历浩劫，幸未损失，现在才有时间和心情，把它从头到尾翻阅了一遍。说是翻阅，就是未经细读,摘要看看的意思。

此本,民国十五年九月印行,标为“乙丑重编”。梁氏五十三岁以前文字,除专著外,都包括在内。

卷首有梁启超原序一篇,大意说:

有人想编他的文集,他说不好不好。他写文章,没有藏之名山,传之后世的意思。他写文章,是“应于时势,发其胸中所欲言”。可是,时势变化很快,“转瞬之间,悉为刍狗”。所以他写文章,只能披之报章,供一时的参考,起一时的作用,过后就拿它盖酱瓶好了。他说:“吾数年来之思想,已不知变化流转几许次。每数月前之文,阅数月后读之,已自觉期期以为不可,况乃丙申丁酉间之作,至今偶一检视,辄欲作呕,否亦汗流浃背矣。”但当编辑告他:“虽然,先生之文,公于世者,抑已大半矣。纵自以为不可,而此物之存在人间者,亦既不可得削,不可得洒,而其言亦皆适于彼时势之言也。”他也就答应了。

三

关于编辑文集,人们想法不一样,主张也不一样。梁启超的态度,我以为是诚恳的,实事求是的,合乎事理人情的。当然,文章选择,越严格越好,不只编者应该如此,作者本人更应该如此。胡子眉毛一把抓，不分糠秕粒实，一齐编进去，究竟不是好办法。即使现在印刷条件方便，贪多求大，对读者，对作者，都是不负责任的做法。古人的文集，流传至今，为什么都那样小，那样单薄？除去当时抄写印刻都不容易，主要是编选上的严肃认真。古人编订文集，都是先请信得过的师友，代为裁定。就是这样，经过历史长河的淘汰，还要有不少作品“散佚”，就是说，不大为后人欢迎，慢慢失传了。如果当时就拆烂污，其后果就更不堪设想。

以上是就严肃认真一方面说，但还有实事求是一方面。无论谁写的文章，都不会认为一定就是传世之作。另外，文章的作用，如不能于当时当地有利，更何望于千百年后有用？所以古往今来，应时之作，总是有的，而且数量是很大的。如果作者都悔其少作，一概摒而不录，不只抹杀了文章的当时功能，后世读者，又从何处考见当时的社会风貌、当时的文坛风貌？目前有些作者，为保持一贯正确之虚荣，清理前此所作之诨词，弄了半辈子文墨，只剩下薄薄一本书，这是不必要的，也是得不偿失的。所以说，梁启超后面表示的态度是好的，是合乎道理的。

人非圣贤，哪能一贯正确？写文章，也常有一时一地的情况,为公为私的目的,个人的私心杂念等等。如果出之坦率真诚,所有这些,并不一定影响文章的传世。相反,文章最怕虚伪掩饰,这种用心,才真正是文章传世的大敌大患。梁启超的文章,对于当时当地,是充满热情的,是全力以赴的。他的文章,行文流利,善于辩论,吸收外来的东西,迅速而虚怀,为国家国民设想,有由衷的热忱。虽都是过时的文字,有心人今天读之,还是会有所体会,并有所收益的。

四

全书共分五集:第一集戊戌以前作;第二集旅居日本时作;第三集归国后至欧战前作;第四集欧战和议以后迄民国十三年冬作;第五曰附集。

其中二集分量最大,文章最多,盖旅居国外,精力得集中使用。

梁氏著作宏富,除文集所收,尚有单行专著,如《清代学术概论》、《墨子学案》、《中国历史研究法》等,及未完成稿,共十八种。

他的研究方面,很是广泛,要之都是当时国家所需,国民所需,他认为亟需做的学问。其中包括:中国古代哲学、政治思想研究;外国哲学、经济、法制思想介绍;中国历史重要人物的传记;西洋思想家、政治家、爱国志士的传记;中国佛教的研究;各国政体国情的介绍;弱小民族亡国的惨史等等。

他主张开放,通商互利,提倡大量翻译外国书籍。他先后向国人介绍了斯宾诺莎、卢梭、达尔文、孟德斯鸠、边沁、亚里士多德、康德等人的身世、学术和思想。

当时有些守旧派,害怕外国文化思潮,会冲垮了中国的固有文化。梁启超说,这是不用担心的,如果我们固有的东西,基础深厚,介绍进来的西洋文化,只会增加它的活气,激扬它的发展,绝不会动摇它。他热情地赞扬了严复的翻译工作,认为他国学基础深,所以外文也翻得好,并劝告所有的留学生向他学习。

五

他写的文章,发表在他主编的报纸上,都带有“政论”性质。他的犀利的文笔和善于辩难的文风,长期影响了以后中国报纸的社论和政论。但后人写的政论,说理明辩者有之,能像他那样富于感情的,就很少见了。他对国家民族充满了热情和希望,与当时一些悲观论者,吓倒在列强的坚兵利器之下相反，他认为中华民族有光荣的历史，是不断进化的，中国不是老大，而是少年。他为“少年中国学会”作序，用形象的笔法，把老年和少年作了对比的描述，真是神来之笔，使人读起来拍案叫绝。他参加讨论了人生观、生死观，他都是抱乐观、积极、科学的态度。他是一位伟大的热烈的启蒙者，主张教育是政治维新之本，他也屡次指出由于种种原因，造成的国民弱点，想尽一切办法措施，使之提高向上。

他的文章的最大特点，是感情丰富，不论长短文字，不管什么体裁，他一下笔就满带感情。他写作起来废寝忘食，能一连工作三十六小时。他在叙述弱小民族亡国惨状时，如同切肤身受，一往情深。使异域之人，百年之后读之，还声泪俱下。这种有感情的文章，是不会过时的。

然而，他并不是一个文学家，只能说是一个文章家、政论家或政治活动家。他认为只会吟风弄月的诗人，没有什么实际效用，讽之为“鹦鹉学士”，自身弃之不为。他提倡颜李学派，主张学以致用，重视行动和任事精神。

六

这一天才，也只是时代的产物，命定要随时代而消亡。

他的中心政治思想是君主立宪，民权革命。当这一思想在广大人民头脑中沸腾之时，他能乘其兴会，翱翔天际，为人景仰。然而政治潮流，是不断前进的，辛亥革命，他已经有些落漠，当社会主义兴起，冲激中国思想界的时候，他的文章就黯然失色，再也没有过去的活力。对于政治思想上的一些辩论，他显得只有招架之功，没有还手之力。理屈词穷，悄然息影。

时势推移，年月无情。展读其书而念其人，于我心虽不无戚戚，然忆及海禁初开，国家危亡之际，仁人志士，爱国心切，忘我无私，声嘶力竭，又不胜其感激追慕之情也。

一九八四年五月十九日下午写讫

买《崔东壁遗书》记

一

崔述，号东壁，河北大名人，晚清以来，人称“大名崔氏”者也。

遗书共两函，二十册，古书流通处影印本，文化大革命以前购，未遗失。

遗书的内容,主要是《考信录》。崔氏为人所重,也是因为这方面的著作。目录为:

《考信录提要》。包括释例和总目。

《补上古考信录》。考证开辟之初,三皇五帝之史实。

《唐虞考信录》。考证尧舜之事。

《夏考信录》。考证禹及其后人之事。

《商考信录》。考证成汤前后事。

《丰镐考信录》。考证周事。

《洙泗考信录》。考证孔子及其弟子事。

《孟子事实录》。考证孟子事。

其学说宗旨为:“居今日,而欲考唐虞三代之事,是非必折衷于孔孟,而真伪必取信于诗书。然后圣人之真可见,而圣人之道可明也。”他以为圣人之道,从尧舜孔孟这条线传下来。唐朝的韩愈,宋朝的朱子,也都是卫道之士。他认为战国以后,有很多伪书,如古文尚书,竹书纪年,孔子家语等。经书传注里面,窜入了不少杨墨老庄的论点,甚至还有纵横家、小说家以及谶纬家的论点。所以他说:“古之异端在儒之外,后世之异端则在儒之内。在外者距之排之而已,在内者非疏而剔之不可。”他治学的方法是:“不以传注杂于经,不以诸子百家杂于经传。”他鄙薄孔颖达等人对古籍的注疏。

二

崔述生于乾隆五年，卒于嘉庆二十一年，寿七十七。他的书，陆续由他的门人陈履和刊印，至道光六年全书才告成。

这部书在出版的当时，好像并没有引起多少人的注意。到清朝末年，梁启超推崇了他，说他“善于怀疑”。这是和时代的学风有关的。最近看到上海古籍出版社重印此书的广告，前面附有顾颉刚的文章，我还没得看到。崔述的学说，一定是会受到“古史辨”这一学派的热烈欢迎的。

我经书底子差，很多原文还读不懂，对于崔氏的著述，自然不敢置一词。对于他的考信录，也就没有多大兴趣。但在浏览过程中，也想到一些求学、著述、环境、友朋的问题。现在粗略记述一下，也是贤者识其大者，不贤识其小者的意思。

三

崔述不生在通都大邑。家庭也不是什么名门贵胄，他生活在大名这个偏僻的地方，家庭也还算是书香门第。他的父母对他督教很严，他读书很早，心也很细，用功很勤。不管怎样说，他当时读书，还是为了科第。但中了举人以后，就屡试不售。后来选在福建罗源县，当了几年县官。官不好做，不愿意干了，在北京捐了一个主事的空衔，回到家乡，专心著书。古人说："学而优则仕"，在旧社会，没有一个读书人，当初不是想做官的。做官名声多好听："为圣天子牧养百姓"！又有实利可图。在旧社会，也没有一个人，在读书之前，就抱定志向，著书立说。一般的规律是：读了书做不成官，又因为读了书，别的营生干不了，不得已才去著书。也有的是，虽然做了官，但是不得意；或者是得过意，后来又失意，才去著书。这种规律，司马迁已经慨乎言之了，他本身就是很好的例证。

在官场失意以后，万念俱寂，反倒可以专心致志地从事写作。崔述当然也不例外。

著书立说，需要一些条件，首先是本身的条件，需要有才、学、识。只读过"五经四书"，只经过科场考试，只会写八股文章，当然还谈不上著述。读书比较广泛，自己没有特殊的见解，也难于著书。有了些见解，不愿下苦功，不愿做笔记，不愿深思熟虑，也难于著书。还要有些才，文笔能表达自己的所获。

幸亏崔述都具备了这些条件。但著书立说也很麻烦。虽然有人把著书,比作一本万利的买卖,但那是成名以后,才能发生的事。著书立说,非比卖豆菜,只买些绿豆,准备一只瓦罐,三天以后,就可生利。有那么一段时间,当我感到家庭生活极端困难时,我就曾经想过,卖掉我的钢笔,叫老伴去卖豆菜。当时我那支钢笔, 确实还不如卖豆菜,能养家口。后因时来运转,我才没有这样去干。

这是说明,著书立说,实在不是容易的事。崔述在辞官不做时,还要花钱捐一个主事。这钱不是白花的,这是一种投资。有举人衔,当过几年县官,又是现任的某部主事,他的社会地位就提高很多,社会地位提高,就带来很多好处:交游文士,谒见权贵,吓唬无知。

还有,著书立说,第一要买纸笔,派头大些的,还要雇人抄写。抄写出来了,真想藏之名山的并不多,多的是急于发表,和读者见面。那时又没有这么多的报刊杂志,只有刻印。刻印这件事,可不简单,成本很大,旷日持久,弄不好就赔本,那时又没有公家津贴。

一般的人,刻不起书,崔述也是这样。他带着稿子到了北京,在旅舍遇到了一位从江西来的举人叫陈履和,一看他的文稿,立即拜他为师,并承担为他刊刻书稿的任务。

先在南昌刻了一部分，后又在山西太谷刻了一部分，及至作者亡故，陈履和受全书于棺前，在浙江东阳汇刻出齐。这就是陈履和在序中说的："以尽吾二十五年事师之职，以慰吾师四十余年著书之心，余愿足矣。"

这是难得的师生之谊，令人羡慕。但这种文字情谊，就是在旧社会，也是不多见的。时至今日，且不去谈论它吧。因为"师道"固然不行，"生道"也很难说了。

遗书刻成，还要请名人作序，这件事也落到了陈履和的身上。他请了一位赐进士及第、光禄大夫、经筵讲官、实录馆总裁、武英殿总裁、上书房行走、礼部尚书、兼署户部尚书、教习庶吉士、加六级随带加二级、纪录四次、山阳王廷珍作序。这在当时，确是难能可贵的了。因为所列的官衔，比欧阳修在陇冈阡表一文后面所列的，还要长一些，煊赫一些。

然而，即使有名人作序，书也不一定就能流传。崔述在生前，就感觉到这一点了。他有一篇《书考信录后》，大意说：他中了秀才举人，"同郡人事誉之"，"数百里之内，人莫不交口艳称之。""而会试数不第，自是称之者渐少。""四十以后为考信录，自二三君子外，非维不复称之，抑且莫肯观之。""当余生前已如是，况于身后，又安望其美斯爱而爱斯传？然则余之为此，不亦徒劳矣乎！”

可见，同郡人羡慕的是做官，是荣华富贵，至于什么学术，什么著作，并不重视。现在有了稿费，著作直接与经济联系起来，那就是另外一回事了。

依我看，他这部著作，如果不是遇到清朝末年，学术思想大变，读书人从八股取士中解放出来，它究竟沉埋到哪年哪月，就很难说了。

四

崔述是儒家正统派，他把“道”和圣人联系起来，把“道统”看成一条线。把“真理”绝对化，纯净化，像在真空管里生成。我对这一点，是有些怀疑的。真理只能是相对的，是不断发展的，在发展过程中，它要吸收别的东西，或者说，是和别的东西互相渗透。就像河流一样，随其所至，它要滋润一些东西，也必然为别的东西所渗入。“道”是这样发展的，文化也是这样发展的。不会有一成不变的道，也不会有一成不变的文化。

崔述是从历史的角度，这样主张的。但历史的发展，也是很复杂的，综合万物，变幻万端的。圣人是圣之时者，他的道，在往下传的时候，必然要受不同时代思想的影响和充实，引起本身的变化。我们的古老文化，我们的古代历史，如果只有儒家，没有杨墨，没有老庄，没有纵横家、小说家，没有神话传说，那将是多么单调啊！

书前他那篇《自叙》写得很好，我也读得懂，有兴趣。这篇文字，有真情，有实况，有很好的见解。他在讲述他对一些古书、一些人物的看法时，他常常引用当前的事例作证，有时是故事，有时是笑话，有时是谚语。使得这样深奥的学术文章，充满生机和活气。

遗书中有他的一本文集，是他的杂文。他的杂文写得并不很精彩，大概是幼年写“时文”写惯了，带有八股文的死板气息。就像现在有些人，前些年写大字报、大批判稿、应景诗文写惯了，现在想认真搞些创作，总是转不过来，带有新八股的虚假味道一样。

他是历史考证家，不是作家。

一九八四年六月一日写讫

书衣文录

前有此录，已印行矣。续有所得，仍辑存之。体例不变。

一九八四年三月二十日，作者记

五种遗规

商务印书馆排印本。

古代之有刑罚，使民有所畏惧，岂只为统治阶级利益哉！古人有道德伦常之说，岂只便于奴隶主之统治哉？道德、伦理、教育、法制，经历史证明，乃全民之所需，立国之根本。经济、文化发展不可缺少之因素。

当变革之期，群众揭竿而起，选士用人，不可拘泥细节。大局已定，则应教养生息，以道德法制教化天下。未闻有当天下太平之时，在上者忽然想入非非，迫使人民退入愚昧疯狂状态。号称革命，自革已成之业，使道德沦丧，法制解体，人欲横流，祸患无穷，如文化大革命所为者。

道德伦理观念，成就甚难，进化甚缓。但如倒行逆施，则如江河决口，水之就下，退化甚易。十年动乱，可作千古借鉴矣。

一九八〇年三月

四库全书总目

余旧有万有文库本，共四十册，已于“文革”中失去。今日沈金梅同志，从夫子庙古旧书店，购得此缩印本。厚重而字体不甚清晰，非老年读书善本也。然聊胜于无有，故甚感沈君奔走之劳，并郑重包装如此状。

一九八〇年五月七日

典故纪闻

畿辅丛书，只有此种，盖他人视为无用者。幻华装讫记。

一九八一年一月二十六日

浮生六记

俞平伯校点本,共四记。幼年有此书,系六记,已忘记是何处出版,是早期藏书,不知下落。

一九八一年二月金梅代购

通志堂集

报社福利, 每人可买六元书。因托金梅购此二种,不然,实不需要此等书籍也。

一九八一年三月十一日装

徐霞客游记

曾秀苍来片,盛称此印本之精良。及至托人购得,并与旧存本相对,亦殊觉其无多特长,不过标榜奇异,以广招徕耳。近之出版社,甚至学者,多有此种办法。对国外读者,尤

好如此。贸易之道,施于文化者也。(上册)

余尚未细观,上册所题,恐有过偏之论。然近日所印古籍,既少且劣,却是事实。特别是那些出版说明之类,有很多简直是梦呓。(下册)

一九八一年三月二十一日灯下装讫记

吴趼人研究资料

此书字太小,不能读也。

一九八一年四月二十三日大风

谈龙录　石洲诗话

昨日报载,市人民图书馆管理员,盗窃书籍一千余部册,卖得二千余元(所盗卖尚有文物)。其中有《营城子》等贵重书籍,每部所得仅二元耳。

藏书家将一生珍爱,献于此等人之手。仪式举行之后,即随意堆放,无人负责,一至于此。早在预料之中矣。消息中有“震损图书”一词，甚怪，书籍尚能震损乎？

一九八一年五月十七日悲观堂书

东斋纪事　春明退朝录

昨日淮舟来，为文集编目事。今日映山周渺来辞，明晨将返保定。问及莲池近况，则已成公园——即变相杂巴地矣。

东斋纪事，有丛书集成本。

一九八一年五月二十二日

杜诗镜铨

傅正谷赠。前数日，傅君曾送一稿来，系写我对古典文学的研习者，我看过，已写信寄还矣。今日持此书来，因已题字，不便推辞，谢而收之。此书我有木刻本，书面题某先生点窜本，以为出自名家手笔。实乃在印刷品上，任意删削，以炫彼之能删繁就简。致使一部洁整之书，涂抹狼藉，不堪阅览。方知如此妄人，古已有之矣。

一九八一年六月十日

为姜德明同志题所藏《少年鲁迅读本》

此书虽幼稚浅陋,然可见我青年时期,对鲁迅先生爱慕景仰之深情。

为姜德明同志题所藏《白洋淀纪事》

此集虽系创作,然从中可见到:抗日战争及解放战争时期,我的经历,我的工作,我的身影,我的心情。实是一本自传的书。

为姜德明同志题《津门小集》

回忆写作此书时,我每日早起,从多伦道坐公共汽车至灰堆。然后从灰堆一小茶摊旁,雇一辆“二等”,至津郊白塘口一带访问。晚间归来,在大院后一小屋内,写这些文章。一日成一篇,或成两篇,明日即见于《天津日报》矣。此盖初进城,尚能鼓老区余勇,深入生活。倚马激情,发为文字。后则逐渐衰竭矣。

一九八一年八月

汉简缀述

陈梦家著。此公初为闻一多助教,写诗,号为喋血诗人,不知何义。后乃考古,盖纯粹书生也。于文化大革命中惨死。考古一途,何与人事?受迫如此。哀其所遇,购求此本。

一九八一年九月二日

今日有郊外之游,晨起题此

章太炎年谱长编

余购有章氏丛书及其续编,然多收学术文字,古奥深僻,不得其解。盖如鲁迅所言:章氏晚年,为跻于大儒经师行列，删削青年时战斗之作，以后所编也。读之不能见章氏全貌。此谱颇收编外文字，其战斗锋利之作，或可略见，因购存之。

余尚有影印章太炎家书，已详读矣。(上册)

余购此书，同时又购民国通俗演义四册，两种书固不伦不类，然余欲从此得知一些民国史实，其目的则一也。(小说颇保存一些原始材料。)文人与时代不能分割，特别是像章太炎这种人的文字，必须印证史实，方得其解。(下册)

一九八一年九月二十日记

题李燕生所作篆刻

燕生同志，示以所作篆刻，余喜而观之。惜余对此种艺术，缺乏常识，不能作恰当之评论。就艺术一般规律言之：欲有创新，必先师古，必拜名师。然师古而不化，或有名师而不知博采众长，亦必有拘泥之患。燕生能于此道中，博古而通今，兼收而并蓄，其将来之成就，必不可限量也。

一九八一年十月十日

艺风堂友朋书札

一九八二年九月十七日，金梅代购，下午送来。谷应并送来托裱拓本一件，系余数月前所求者。

清秘述闻三种

金梅代购。进士名簿耳。初只知作者，不知其内容也。于我无大用。

又近春节，精神不佳。老年人皆如此乎，抑个人生活方式所致耶？恐系后者。

一九八三年二月十日

美化文学名著丛刊

此即鲁迅所谓专印劣书之世界书局出版物也。余从字体版式识之，细看果然。金梅代购。余为得张岱陶庵梦忆购之,不然,实不喜此等无聊文字。

一九八三年三月十四日下午记

文　选

余有中华四部备要本,亦据胡刻排印。此本字体较清,并断句,聊胜于前者。金梅代买。其实本可不买,寂寞无聊之举耳。

一九八三年五月二十八日晚记(上册)

余已数十年不至书市,据云线装书已绝迹于市场。书店即有所收入,亦以配套为名,居奇不售。前堆积台下无人过问之破烂,顿成宝货。此亦"文革"焚毁书籍之后果也。

国家偶出线装古书,售价之昂,非常人之所能得。故中华影印书,遂成今日爱好古本者,唯一可求之路。然今日整理古籍,多意在普及,只注意标点、索引之类,谈不上学术方面之创造。求如胡克家之印书精神、学术修养,不可多得矣。时代不同,此种人材,亦渐稀少。

五月二十九日晨起又题(中册)

一九七六年夏季,余常于晚间,读文选于蚊帐中。后值地震遂罢。当时记得四部备要本注文中有错排,故长期以来,有再购一读本之念。然今日旧籍如铅印,实不能望其无误。故此本虽不便阅读,究可与前本对证也。(下册)

文苑英华

金梅代购,用车驮来。此厚重书,老年人本无所用也。

夜起,地板上有一黑甲虫,优游不去,灯下视之,忽有诗意。

一九八三年六月二十三日记

居延汉简甲编

大女儿又为我做一书柜运来,拟将一些笨重书籍装入。此书在内,因再为包装,并重新浏览。余对此种学问,毫无所知,近购王国维遗书,将参照阅读。

一九八三年十一月七日装竟记

达夫书简

一九八四年二月十五日，小胖赠。

遇人不淑，离散海外。不能遁隐，与敌周旋。终至惨殁异域，其结果可谓不幸之甚矣。而女方归国，反能享其天年。追怀往事，读者亦不胜其悲矣。文人不能见机，取祸于无形。天才不可恃，人誉不可信。千古一辙，而郁氏特显。

摈此不论。单从爱情而言，郁氏可谓善于追逐，而不善于掌握；善于婚姻前之筹划，而不善于婚姻后之维持矣。此盖浪漫主义气质所致也。

耕堂函稿

致韩映山

一

映山同志：

十二月十六日来信收到。我近来所写的文章，你不知道的，计有：

《读作品记》(二)(谈刘心武作品)将在《新港》一九八一年一月号发表；

《读作品记》(三)(谈林斤澜作品)将在近期文艺周刊发表；

《燕雀篇》(诗)已寄曼晴同志，如你能见到他，问问他收到没有？我无底稿。

《耕堂杂录》后记,已寄李屏锦同志。

为《旅行家》写一短文。

你在《文艺增刊》上的、在《海河潮》上的短论文,我都看过,写得很好。

今日文坛,有些现象,甚难言矣。至如色情,又其末焉者也。理论家以此等现象为解放思想之征,于是一些青年乃引张资平为艺术大师,向之膜拜。未上推至张竞生,亦国家民族之大幸矣。其实,这些东西,古已有之,三十年代,有一粉色作家,名章衣萍,其名著为《情书一束》,有警句为:

> 无聊的春天啊,
> 连女人的屁股也不愿意摸了。

然当时均斥责之,未见封之为解放思想也。

贩卖旧货,以为新奇,实今日文坛之特点。今天一个突破,明天又一个突破,突破来,突破去,还是那些老调重弹。今天一个里程碑,明天一个划时代,后天一个文起八代之衰呀,大后天又一个英雄时代的典型呀,到头来,叫喊者自己,也忘了他究竟喊叫的是什么货色了。

又成帮结伙,自己壮胆。这是因为这些作品及其作者甚为虚弱之故。

××同志是有所感的，但她说得很委婉。这些人，是不好碰的。我写文章，也不愿正面去谈，只能顺便表表态而已。

入冬以来，我身体不太好，明年想少写一些。《散文》及《新港》的稿子，都想停止。

曾秀苍送我这种纸，今天给你写信，试用之，还是很不习惯。

祝

学安

犁

一九八〇年十二月十八日晚

二

映山同志：

来信收到了。过去你问过读古文的事，我在这方面也不行，只是在中学时读了一些讲义，还读了一部《韩非子》。后来自学了一些，特别是前些年，老是买古书，顺便读得就多了些。但是与大学文科那样科班出身的人，是不能相比的。

你学习古文，先从选本读就可以。例如《古文观止》、《唐诗三百首》、《宋词选》、《西厢记》、《聊斋志异》、《阅微草堂笔记》、《唐宋传奇》。不要小看这些书,要认真读熟了,收获就不小。读古文主要是靠背诵,多读几遍也可以,但不能像看小说那样去读。

我近来也没写什么,心气不高,投稿有时也遇到一些不愉快的事,例如××月刊上登的,最后一节,给删去好多。另外,那本来是我写给一个人的,这样一登,就好像是他记录的了。寄出一首诗,退回来了,这倒不要紧,提的意见是:立意不错,但缺乏诗意,像小说。我看他们并没有看懂这首诗。他们所谓的诗意,就是流行的那些表面玩意,我看倒是够不上诗的。此诗我已寄给曼晴,不知他以为可用否。

还有一些刊物用六号字,我看着很吃力,这样的刊物,我也就不愿投稿了。

今天外边刮大风,和你扯一些无聊的话,请不要见笑。

附上写的字一幅,近来,求写字的人多了,我也很奇怪。上海也来求,并说我的字好,这真是见鬼了。不过,我也有求必应,自赔纸张,字幅不大,盖上三颗大印,都是大星给刻的。“耕堂居”,意义有些重复,因为堂就是居了。大星对这些不大讲究,我觉得也没关系。他如有时间,还可以给我刻一颗,三个字:“澹定室”或“幻华室”,不忙,他高兴时刻就可以了。

祝

好

犁

一九八二年三月十九日灯下

致房树民

树民同志：

寄来报纸，收到，甚为感谢。

千字散文，看了两篇。《南瓜小忆》一篇，写得很好，我喜欢这样的散文。它写的是作者的真实的经历和真实的感情。事情虽不大，但内容绝不限于南瓜，是对乡土、亲人，过去与现在的怀念和写照，具有一篇短篇小说的内涵。文字也很朴实。

《广福寺里的佛》一篇，则是写的一种社会现象，当今的一种民俗现象。虽然是一个小小角落的现象，也真实地表现了时代的特点，作者运用讽刺的手法也不错。

可见，个人感受，社会现象，都可以用简短的散文表现,而且可以表现得很充实,很有内容。

长文,短文,浮泛的写法和朴实的写法,一个报刊,提倡什么,都会对作者们发生影响。你们这样提倡朴素短小的散文的作法,我认为对改变散文的浮泛之风,会有好处。专刊标为“千字”,当然不一定都限在千字之内,只是提倡与内容相称的短小而已。过去课堂作文,限两小时,虽然死板一些,但训练学生构思集中,写短文,是有好处的。因为看了这两篇,感到高兴,就写了一些啰嗦的话,就正于你们。

黄秋耘同志已收到书,谢谢你。

祝

编安

孙　犁

十二月二十三日(一九八三年)

致贾平凹

平凹同志:

今天晚饭前,收到你的信,我心里有些不平静,吃过饭,就给你写信。

今年天津奇热，我有一个多月，没有拿过笔了。老年人，既怕冷，又怕热。

我觉得，从事创作，有人批评，这是正常的事。应该视若平常，不要有所负担，有所苦恼。应该冷静地听，正确的吸取，不合实际的，放过去就是。不要耽误自己写作，尤其不可影响家人，因为他们对文艺及其批评，不明底细，你应该多给他们解释。

前几天北京来人，和我谈起了你。我说，青年人一时喜欢研究点什么，甚至有点什么思想，不要大惊小怪。过一段时间，他会有所领悟，有所改变的。那位同志也是这样看。

我也买过一些佛经，有的是为了习字(石刻或影印唐人写经)，大部头的，我都读不下去，只读过一篇很短小的“心经”，觉得是其中精华。作为文化遗产，佛教经典，是可以研究的。但我绝不会相信，现在会有人真正信奉它。中国从南北朝，唐朝达到顶点，对佛教的崇奉，只是政治作用。人民出家，却大多为了衣食，而一入佛门，苦恼甚于尘世，这是我们从小说中，也可以看出的。

所以说，传说中你有这种思想，我是从不相信的。但人生并非极乐世界，苦恼极多，这也是事实。青年人不要有任何消极的想法，如有，则应该努力克服它。

你的小说，我只看过很少的几篇，谈不上什么“出世”或“顿悟”之类。但我觉得，你的散文写得很自然，而小说则多着意构思，故事有些离奇，即编织的痕迹。是否今后多从生活实际出发，多写些日常生活中的人和事，如此，作家主观意念的流露则会少些。

我的话，不知引起你的愉快或是不愉快，请你原谅我的信笔直书。

祝

好！

孙　犁

一九八三年七月三十一日晚七时

致韩金星

金星：

四月二十一日来信早已收到。相片亦收到。

你写的两篇散文，都看过了。《文竹》一篇，写得感情真挚深厚，文字也灵活，我觉得很好。缺点是词藻多了一些，有雕饰的痕迹。这在初学，也是难免的。今后应求自然——文字上和叙述上。

《莲池》一篇，叙述有层次，介绍也很详明。练习写一些这样的文章，去寻绎一些资料，也会长些历史文物知识，一举而两得。不过对于材料的引证，要力求翔实准确。在这篇记述中，明代人的书法，如董其昌、王阳明，不应列在淳化阁帖之内。因该帖是宋帖。

至于写小说和写散文，并没有矛盾之处，适于用什么形式，就写什么。我向来主张，青年人在写作上，不要单打一，要多面手。什么形式都可尝试，以后再看发展，偏重一个方面。

在生活准备尚不充分时，多写些散文是应该的。但真有体会、见闻，适于写小说，写些短篇，也是很好的。总之，手不能闲着，每个月要写一两篇才好。

我因为年老多病，今年春寒，保定恐怕又去不成了。问候你的父亲和母亲。

祝

好！

孙　犁

一九八四年四月三十日

报纸两份寄还。

附　录：

报告文学的感情和意志

此文及其附件，载一九四一年十月冀中区出版的油印刊物《通讯与学习》。今承河北省博物馆张树欣同志从原件抄寄。这不只是冀中抗日战争最艰苦时期的文艺运动史料，也是冀中人民的战斗和生活的史料，故两存之。

一九八三年八月五日　作者附记

一

九月四日的《冀中导报》，登载了研之的《角邱血》和殷红的《谁能忍受》。九月九日的《新民主报》，登载了乔前的

《坑水红了》和《山药窖里的死尸》。题前都标志着“报告”。秋天，敌人对冀中七分区进行了残杀，欠下一笔新的大血债。报告者曾向人民的血流前面走过，差不多用即刻的工夫，把仇恨转写到他们的报纸上。在这样场合下，没有剔字挑句的余地。现在，当死者的血流未干，生者的嘶啼还相闻的时候，我们能责备报告者的功力和技术吗？

但我照例记下我对这几篇作品的感想。原因是这新的仇恨，要求新的控诉，新的复仇意志，抒发展开的深厚的感情和力量。我们的报告者，在这几篇作品里，没完成这个任务，力量应该加上去，应该准备新的力量。

今天的报告者没有企图省工略力的想法，但常常因为时间和工作，便把大的题材以短小方便的形式出之。近来见到的，以一、二、三划分的几十个字的小型报告很多了。有的人想用这种方式代替短讯，并且说，这样使短讯有了“文艺的味道”，是个改进。对报告说却是个不好的遭遇。

报告文学可以有多样的形式，轻松的，小品的，但它最高的理想，是含有凝重的艺术概括力。报告文学是一种年轻的文学，但不是方便省事的文学形式。我们可以从习作报告，走进艺术创作高级广宽的门道，但另有许多大作家是在完成几多长篇作品之后来写报告的。爱伦堡便是一例。报告文学要求功力,要求丰富的素养。

二

把一个消息文艺化,不能就成为报告文学,例如《坑水红了》一篇。消息对报告文学来说,它是材料。加一些风景描写,几段对话,布置一个场面,顶多把材料装备得完整了些,像样了一点。木头披上了服装,戴上了帽子,但还不是人。报告文学对消息来说,是人,有血有肉有灵魂。

报告文学的灵魂,便是感情。报告者的感情,把一个消息材料简单地文艺化,那感情便淡薄得可怜了。假如事件本身是迸血飞肉的,那感情淡薄了的"报告",便会被事件本身给予人民的感触所淹没了——这对报告文学者是大失败。

敌人对角邱一带的杀害,便是这样一个事件。事件在那里摊出血来给人民看,人民失去了父母、爱人或是孩子,百里传闻,万人填愤。向外发一个电讯,寥寥几十个字可以,作为一篇综合人民的仇恨、痛苦、倔强的报告文学,所要求的便不只是一个说明式的,或是一个记录式的文艺消息了。

没有充分的感情的准备，便没有含有充分力量的报告文学。单凭材料可以发电讯稿,但不能完成报告。

> 坑水连续泛起十三个红圈以后,完全变红了。……
>
> 《坑水红了》

印象是悲惨的,但文章是无力的。作者一开始便采用了一个告诉告诉的方式,好像路途相遇,赶路要紧,只能大略讲一下。

但明显的这样告白一下是不够了。人民心里的东西呢?复仇队站在那里了,他们要听的是深厚感动的东西,切合并且超越他们那血泪混流的感情的东西。

经常准备自己丰盛的感情,养成善感的正义气质,对报告文学作者是必需的。当然这不是歇斯底里,感情是继发的,生根于真理的认识。事实上,有的报告者患着神经衰弱症,在血泊旁边惊叫、吓倒,把自己的衰弱症传染给别人,这也是有害的。

要养成正确丰盛的感情,就得深入事件,道听途说,不适宜于写报告,不把感情和被难者混流,也不能写出好作品。但一个报告者不同于一个普通的被难的群众，他的感情被理智控制着，而得镇静地报告出事件，人民的感情和他自己的感情。如果他慌乱了，便什么也没有了。

没有感情的人，只能板着面孔求助于公式，而公式不能使你写出动人的文章。

三

有些人，以为是写报告文学，便忽略了概括的功夫。报告文学常写一个具体事件，一个地方的见闻，但其中有概括。没有概括力的报告文学，简直没有。报告者说着一个人或者一件事，这人或事是真有的，好像就是单独的，事实上，报告者之所以选择了这个人，或这件事，就是因为这个人代表了一群人，这件事在一时、一地是典型的。

基希写了一个洪门弟兄，一个犹太人，一个梅兰芳，一个李莲英，但这不是一个人，是尽人皆知的事。通过新闻，在外表不失人名，地名，时间的具体化，而实质上是一种概括，这在报告文学上的艺术概括能力，比一般故事的概括更难。

事件有时大体相似，上次敌人杀死我们一个青年妇女，下次敌人又杀死一个青年妇女，如果我们每次执笔这样写：

> 有这么一幅惨图：一个全身衣服都被撕破的少妇，尸体横躺着，乳房边被刺刀扎了几个紫色的大裂口，下身也是模糊的血泊，她一定是死在被奸淫之后……
>
> 《谁能忍受》

只是这样单纯的记录，血债记在纸上了，但我们对不起死者。因为，如果敌人上次这样杀害我们十个，这次杀害我们二十个，我们的死者和所受侮辱者便是三十个，而人民的仇恨便要越过三十个。用不变的，不能概括的方式写两次，我们交给复仇总队的文艺力量是太少了！

要能够概括，要一次比一次坚强有力，文章要灌注着新仇旧恨，要赶得及人民的感情。

报告文学总得要表达出一些新的东西，这新的东西，不单指它那新闻的性质，是除开新闻性以外，它能表现一个事件的那本质的部分，甚至这事件以外的，而是和它本身有关的部分。报告者之能成为一个畅达的报告者，在于他对一个事件有全面的、透入的观察和了解。

上面举出的敌人对我们的残害,那是新的。如果我们像记账一样一次又一次地记下了血债,那我们就没有新的东西了,而现实是存在着那新的东西。一滴血,再加一滴血,是两滴血。仇恨是倍数的,或超越倍数地增加了。以血红的题材写成的报告文学,在血红的现实面前,显现成淡薄的甚至无色的东西,报告者就感到最大的悲哀了。

新的事件的特点是从事件的发生、形态和结果表现出来。报告者能深入,能实感这个事件给予他的一切刺激,就能捉住这些特点,而把事件表现为新的。不能,便失败了。

例如在《山药窖里的死尸》里:

> 血污掩盖了死尸的脸,肠子和衣裳粘成一团,有的是被刺刀挑死的,有的被枪弹揭下了头盖,有的被砍断了胳膊……
>
> “这不是×的爹吗?”“这不是×的娘吗?”“这不是……我的苦命的儿呀!”

现实在沉痛地激励地向报告者呼喊啊!在这样的题材下,用“素描”的手法作文章的总结,夜里是会做噩梦的。

四

写报告文学而不能概括，常常是因为作者缺乏应有的灵敏的联想力，有的人联想力单弱到今天睡在床上便想不起昨天走在路上，单弱到不能从暮霭想到朝霞，不能从山想到水。

看到一滴血，便只单纯地想到：这是一滴血呀！在脑海里搅不起感情的波澜，想不起就是这一滴血，敌人曾经狞笑过一下，而孤寡不知要悲泣几多天呢！

这是一只羊，这是一匹马，——只是单纯的判断，玩玩形式逻辑可以。写报告的人，要能从羊想到放羊的故事，从马想到骑兵队，感情可以扩张成海洋，激励为旋风，这就是联想力的培养。

当然联想力也不是神经过敏，想入非非，忘记主题。过去“现代派”的诗人，能从女人的头发想到南非洲的森林，是造作的。而鲁迅指明一些中国人会从女人手背上的肉，想到道德问题，是卑鄙的联想。

报告者所需要的联想力，有如感情，是敏捷的，然而是准确的。

联想力是靠什么来养成和靠什么才能正确呢?

首先是认识的问题,这认识包括了世界观,包括了各种知识,包括了生活的经验,包括了远见。

联想力的迟钝,必然使感情呆板起来,这样来写报告文学,纵然是报告出这样血的经验:

> 敌人……然后匆匆伪装着撤出来,“鬼子撤走了!”人们三三五五地走回村里……
>
> 一股鬼子忽然原路杀回来……

纵然血泊是那样宽:

> 屠刀下鲜血飞溅在角邱镇的南门里,敌人更到青纱帐里……五十多条尸体横卧在南郊的田野里。
>
> ……用毒刑解决最后的二十个……于是有的被砍落了白发飘飘的头,有的被刺穿了枯瘦的胸……

纵然难属完成史诗一样悲壮的行动:

组织复仇队,成立复仇组,热烈地响应义务兵役制的号召……

《角邱血》

因我们的报告便只是一个“报告”,拘束得像一条细形的铁,没有锤展得开,文字没有火里烧红,因此不能成为一柄刀。

五

由此,便谈到报告文学的功力问题。

在这个时候,被繁忙的工作围绕着的同志,会摊开手说,没时间构思呀,甚至太忙了,文章要赶出来,所以没有了情绪!闲人可以没有情绪,忙于正义的工作的人不会没有情绪的。躺在床上,“终日里情思睡昏昏”,没有情绪,一个睁大眼睛站在岗位上的人是有情绪的。

这便是基希说的报告者的意志,便是高尔基说的“在手中握住生活,而且再建设着生活”的人们,所“需要竭意志与理性之全力,以不断的英雄的紧张情绪而赴之”的工作。

报告文学,以其产生的时代,以其先进的大师们的精神，以其终极的希望来讲，它是青年的、英雄的文学事业。

要报告者准备感情和联想力。不是江湖的卖膏药。这种修养，可以说是“生理的”锻炼过程；只有不辞任何艰苦的人，才能获得语言的收获，不经过“创造日”便梦想“休息日”的人们，得不到安息！

用意志和理性的力来进行报告文学的工作，我们便成功了。

六

显然，我们还要学习。

认识报告文学并非小题目，认识这种工作的艰巨，是第一个问题。有些人，目前对报告文学，似乎又冷落了，都在那里预告着长篇。学习爱伦堡，有人这样讲：还不老是那个劲，没些新形式吗！

姑无论一个成功的作者，应该有一个统一的劲，所谓作风或风格。一个作家本着他的向真理的路，“一个劲”地向前进是应该的等等。一些人，像猫的高足老虎一样，没有学会上树，便先扔掉师父。我们愿意中国能有几个把报告文学看成终身事业的人，直到世界的任何苦难终了吧！

当然不只学习爱伦堡的形式，透过这犀利的形式，应该看出那个作家，丰富的政治经济的知识，地理历史的知识，风俗人情的知识，应该看出那卓越的见识，辩证的力量。

这就找到了报告文学的学习的根基和范围，爱伦堡等人的作品给我们的印象是宽广，浩如烟海，而我们的常常是鸡的小肠一样，扩展不开，单薄细弱。理由便是我们知道的太少，见闻太少，而他们却正相反。

然后再参考一下鲁迅的杂感。

鲁迅创造的形式——杂感，把现实主义运用到白刃战的功能的成绩，对报告文学是搬运不完的弹药局，把一个个文字在人民的感情和希望的溶液里浸染着，把握住现实的纲领，曲折迂回，针针见血……是鲁迅杂感的特点。报告文学应该追求战斗的力量。

七

因为“毒杀了和平的居民，毒杀了牲畜、田地、水，以及植物”的法西斯主义，正在作困兽挣扎的暴虐。因为报告文学是从反恶鬼与浪人——希特勒们的斗争里壮健了自己,冀中区的报告文学要培养雄厚的力量。今天,读过了殷红、乔前、研之诸同志的文章,写下了由他们的作品引起的过多的感想,因此,这不是对这几篇作品的批评,也不是对三位同志的批评,而多半是借题发挥的。

附:

角邱血

研之

八月十五日,敌人从安平、西蒲町、深县、旧城、田村,从四面八方的点线里,纠集了上千的兵力,利用汉奸伪装难民向导着,不放一声枪,不说一句话,在黑夜里十几路包围了角邱村。

角邱的人民迅速地躲到青纱帐里去,使敌人扑了空,狼狈地砸锅摔碗,烧毁犁耙,疯狂地糟毁着所有的物品……更放起火来,然后匆匆伪装着撤出来。“鬼子撤走了!”人们三三五五地走回村里,去扑灭鬼子放的火……

一股鬼子忽然原路杀回来,回到村里的人张皇失措地往外跑,青壮年都逃出了屠场,两个走不动的老妇,死在鬼子的刀下,几个白发苍苍的老年人做了俘虏。

八月二十日鬼子卷土重来,三次布置屠杀场。他们不到每家去搜查,大股鬼子耀武扬威地走过去,暗暗地把小股鬼子潜伏在近村的田地里，女汉奸呼儿喊女地高声叫:“回来吧!鬼子走净了!”伪装小贩的汉奸吆喝着买卖满街窜,伪装难民的汉奸牵着驴子走回去。角邱村暂时显示平静,隐藏在青纱帐里的人群开始了骚动,一群群的人走近了村边。

惨剧很快爆发了,一群鬼子包围角邱的南半边,有的闯进村里去,屠刀下鲜血飞溅在角邱镇的南门里。敌人更到青纱帐里去驱杀近村的难民，可怜那些年老的人跑不动惨死了,抱着孩子的妇女们都遭了厄运,五十多条尸体横卧在南郊的田野里。

那狗翻译官坐在水坑边，用毒刑解决最后的二十个俘虏，按日记本上点名，于是有的被砍落了白发飘飘的头,有的被刺穿了枯瘦的胸,残缺的肢体滚到水坑里去。

安平县区同志,很快地跑去抚恤慰问,掩埋了尸体,扫除了血污,检讨了这次被屠杀的原因,分别慰问被难家属。难属冰冷的心,在抚恤下得到了温暖,燃起复仇的火焰,他们计划组织复仇队,成立复仇组,热烈地响应义务兵役制的号召。全区的青年更咆哮着准备参军,为角邱死去的父母、妻儿复仇。

谁能忍受

——此次“扫荡”中日寇杀戮侮辱我人民的纪实

殷 红

一 杀人是目的

在这次扫荡中,鬼子杀人治人的方法,胜过他欺骗的方法,宣传是手段,杀人是目的。因为屠杀我巩固地区的人民大众,就等于毁灭我根据地的灵魂。

扫荡队每占一村,就大胆地到高粱地去圈人,进行面的搜剿。见了地里的老百姓,就挥着太阳旗狂吠:“不要跑的!回来!跑了就打死的!”接着会说:“皇军只扫荡八路的,不打老百姓!保护老百姓!”在这种用心颇苦的“宣传”后面,请看日本帝国主义那副魔獠般的真面目。

二 “猪那人”

在定南东里村,鬼子捉住了十四个老百姓,先剥光了他们的衣服,赶到一个猪圈边,迫他们排直了站在猪圈墙上,一点不许动,违者以皮鞭毒打。打了一阵后,又叫人挑了几担水倒在猪圈里,鬼子就把那群同胞一一推下去,强迫他们在粪水中装猪爬行,又叫他们喝污水,谁不走不喝就痛打,专打头打背脊。同时在院里观看的日本鬼则大呼“猪那人”,狂笑不止。

三　拉着活人当牲口

敌人占了李昌道村后，有位上了年纪的人在村里没跑出去,就成了被侮辱的不幸者。鬼子让老人的头上套着个席篓子,迫老人匍匐在地,鬼子用鞭子打席篓。规定打一下老人就应跳动一下,不跳多打,跳得高,打得轻,否则重打。暴虐行为莫此为甚。

在侯家店,敌人捉住了一个青年,把一副牲口嚼子戴在青年嘴上,勒令趴下装马行走,敌人跳过去骑在背上,青年反抗不从,就用枪托痛殴,结果被刺死。

四　狼心毒刑

在连台村,在东丈村,敌人抓住了几个老年人(这是他们事先麻木不知躲藏的结果)，鬼子左手揪着老年人的胡子,右手猛力痛击耳朵,打一下就狠狠地说:“打你这老八路的！打你这老八路的！”

在沙河滩里,敌人圈住了老人,怎样治死的呢？敌人用刺刀挑死他们，一边砸，一边骂："杀死你老妖精！"

或者把俘虏的群众一齐驱在墙根底下，叫群众弯着腰，头顶着墙，鬼子就用棍子痛打屁股……

还有更多的侮辱的方法……这不共戴天的仇恨啊！

五　女人的痛苦比男人更重

敌人见了抱小孩的妇女就挑死，单身的青年妇女被奸淫，被裸体侮辱，被抢到据点中去。

在安平六区角邱村近百个死尸中，有这么一幅惨图：一个全身衣服都被撕破的少妇，尸身横躺着，乳房边被刺刀扎了几个紫色的大裂口，下身也是模糊的血泊，她一定是死在被奸淫之后……她之血体外边，躺着一个幼儿，死去了的白色的小眼睛，依然在凝视着他的母亲，而死者的丈夫，则握住了孩子在痛哭。

写到这里，我应该告诉读者，群众是不能忍受这些的，扫荡之后，立即在群众中散布着，从惨痛中得到不做绵羊的教训。老百姓们都说："不跑就落一个死"，"死在日本手里屎土不值"，"下回再扫荡，我带把铡刀在手里，见了就拼"。

坑水红了

乔 前

八月十六日的中午，太阳遮在一块黑云的后面。

事情发生在安平六区的一个乡村里，我们的十三个同胞被鬼子绑得牢牢的，拖到村南的水坑旁。

“跪下！”敌人咆哮着。

十三个人挺得直直的，嘴里骂着，——不跪。因为他们是中华民族的优秀儿女。

敌人的木棒、枪把、皮鞋落在他们的身上，他们失去了知觉，但他们没有屈服，没有执行敌人的命令，没有吐出一句“敌人要他们说的话”。

有几个“狗”走过来，抡起砍刀，把自己同胞的头砍下来，一脚一个踢到水坑里去。

坑水连续泛起十三个红圈以后，完全变红了。敌人鬼子狗显露着狰狞的笑脸，离开了坑边。

山药窖里的死尸

乔 前

敌人过去了，老百姓回到他们的家里。

他们含着眼泪收拾着破碎的家园；捣毁了的箱柜，破碎了的锅碗,烧焦了的衣衫,撒得满地的食粮……

在一家山药窖口旁边,发现了点点的血迹。一股血腥的气味,从窖口里冒出来。

一大群人集聚在山药窖口，从窖里提出了十八个死尸。

血污掩盖了死尸的脸,肠子和衣裳粘成一团,有的是被刺刀挑死的,有的被枪弹揭下了头盖,有的被砍断了胳膊……

“这不是×的爹吗？”“这不是×的娘吗？”“这不是……我的苦命的儿呀！”

男子妇女孩子,号啕痛哭起来,哭声充满了整个的村庄——安平县大转村。

冬天,战斗的外围

——这是我们报告于世界的……

一

一九四〇年十一月七日,晋察冀边区的战士和人民,在一个古代城堡的左近开了一个大会。——那地方已经修筑好一个享有国际名声、藏有动荡良心的华佗的坟场,和正在修筑的边区战死疆场的烈士纪念碑。国旗号召着民族的正义和国际的正义,在百尺竿头上飘扬起来。演出了沙可夫同志改编的高尔基的《母亲》六幕剧本。全边区优良艺人联合完成了这个演出。列宁曾深深赞扬过高尔基的这部小说,以其最好地完成了时代的任务。晋察冀的战士和人民深深赞扬这个剧本,以其给予了他们高的艺术和战斗的热情。(在那次晚会上观众鼓掌和欢呼,虽是在严寒的山野的夜里。)

携带着这热情和力,战士和人民立起来,返回战斗的岗位,并向日本帝国主义的冬季进犯搏战。由于有计划和准备,敌人的“扫荡”企图一露头角,我们便以倾山倒海的力量,给它一个发愣涨脑的回敬。战斗展开在沙河两岸了,在同一个时刻,所有边区的战士和人民都排成了行列,军纪如铁,猛如虎,矫健如鹿。

二

我的战斗任务是记录。十日晚间走进这个反“扫荡”的行列。半圆的月照明着路,我看见人的队伍和骡马的队伍迅速地转移,没有惊慌,一切机警而有力。有一支令旗穿过每个人的心,缀成一个任务和一个指归。我惊叹了这严肃的力量。在一个陡峭的山顶上,遇到一个熟人,他用青年的热力握紧我的手说:“反‘扫荡’开始了!”兴奋盖罩着他的声音和颜面。我第一笔记录的是:人民对战斗是奔赴,是准备妥当,是激烈的感情。

二十日的下午,我拿了一封介绍信到前方一个团里去。在灵寿陈庄西面一个小村里,找到和这个团有关的兵站。管理员招待了我,并应许为我通电话到前方,探听团部驻扎地,因为那天早晨,在阜平温塘已经有一场战斗。我在他们办公的房间展开地图,察看地形和方位。这里常有过往的伤员和病员, 七八个小鬼搀扶着他们休息和吃饭,饭是半米半面的馒头和胡萝卜菜汤。本村的妇女代做的。站上准备着很多的担架队和驴子。伤员和病员,吃过饭便又起程去后方了。

傍晚才得到了确实的消息,我就动身了。路上我到县政府访问了李县长,那不到三十岁的人,已经有了坚持政权工作的惊人的魄力和办法。他正在办公室紧张地工作着,房间里站满二十多个人,一面工作,一面谈笑风生,全是沉着到万分的。

天大黑我走进陈庄东北的一个村庄,放哨的人(他站在村外一个地洞式的岗棚里)带我到交通站。两个骑兵通讯员正站在院子里喂马,他们已经走了一百里路,还没有休息。一间幽暗的西房里,站长和几个过路的战士谈着路程,是送鞋到前线上去的。另有三四个从前方退休下来的病员躺在炕上休息。我蹲在地下的火盆边烤着火,等待着引路人。一个穿蓝布棉袄的十一二岁的孩子跑进来,拿着一张纸条,报告清楚而动听,他代区公所传达着紧急动员的命令,已经在夜间跑了六个村子。我看他熟练而沉静地和站长办完手续(放下命令,要回收条),便退了出去。站长把他叫回来,告诉他我要到前方去,要他领一段路,到前面站上再找人。

在黑夜里,我们疾行。不时遇到民兵,抬着担架从前方下来,他们是一站转一站,非常迅速有秩序。从他们的脚步和说笑,看出负责和热心,听见前面有人声和马蹄声,走在前头用手榴弹武装着的两个,便高声喝问着,警戒前行。过了一条小河,我已经熟悉道路,便请那位小同志回去了。在接近前方司令部驻扎村庄的山口上,哨兵止住了我。残月照在山坡上了,哨兵的刺刀放着寒光,北风扑平了南山坡的黄灰色的荒草,在哨兵岗位下面,一排战士睡下了。身下铺着玉蜀黍秸梗,可以听到他们那有浓郁战斗气息的呼吸,一个辗转了一下翻身问:“有人吗?”哨兵告诉他是自己人,他便一侧身又睡下了。对这紧挤在一块的守卫在前方的战士,我倾泄着爱的崇慕,直立在山口上,有意高声地礼赞。

第二天清晨,我会见了一个分区的政治委员。一个二十三四岁的青年人,彬雅如书生,但据我推断,也该是身经百战的英雄了。这里的军事指挥员,都是以短的年龄而积集着长的丰大的经验，代表了新生，也代表了根基的壮大和光耀的将来。以我们从正义战斗过来，面向正义硕果的指挥者和战士，对付敌人从污秽钻出，面向纵火和掠夺的一群，鹿死谁手，我是随处可以看见定局的。

三

几天过后，我随着一个兵团路经陈庄，这村镇已经被敌人烧毁三次以上了。以陈庄为中心，敌人曾作蜘蛛技能的放火，从阜平到陈庄，从口头到陈庄，几道山沟成为它纵火的鹄的。敌人经过的地方是秽气冲天的，在火燎气里掺杂着日本人的屎味和尿味。把房子用席子和谷草放火了，把猪和鸡煮在锅里，猪皮和鸡翅膀扔在街上，在灶火旁拉出大堆的粪。敌人这次“扫荡”边区，有放火队、抢粮队等组织，但从它走过的十几个村庄视察的结果，仍有大批的拉屎队，是不必置疑的。坐在东京的“天皇”，用人民的财富，组织了这种队伍，其代表了什么征候和哪个世纪，是不能设想的！

我曾经到过平山的南庄，敌人退走，人民走了回来。

村里已糟蹋得翻天覆地,每家的炕上蔬菜上堆着粪尿,门全烧去左边的一扇。家具毁坏一空。村长将残余收集起来,摆在街上,像都市的旧货摊,等候本主认取。几个老太婆诅咒着认取着自己的锅碗。一个青年走过去,把一个还盛着敌人吃剩的面条的盒踢开了:"我什么都不要!"他嚷着:"我赌着一切和鬼子拼了!"

日本帝国主义,它那圆的旗号,用他的军队的粪尿在中国涂上了污秽,也是在世界的版幅上抹上了丑陋不堪的面影了。

而我们的人民继续动员着。房子烧了,村里合理地分配着房子,更加紧坚壁清野,大家帮助着,区政府派专人各村巡视。把敌人留下的一切污秽铲除出去,再加大自卫的力量。例如就在南庄,当晚一阵鼓声,全村的自卫队便一分钟内集合了。夜里村长召集了全村干部大会,并惩办了一个趁火打劫的老头子,警告了一家只愿把东西"坚壁"在自己房间里面的农人。

"自由",我想起敌人有时还在山路上贴一些丑陋线条的宣传画,或是用翻毁着良心的笔触写成的调子!日本军队以烧抢拉尿为其最高的业绩,这种欺骗不是太难为了那些御用的奴婢了吗?到处挺起蛇蝎的毒刺而作美人妖言。而且是多么下流和卑薄呢！简直是侮蔑边区的人民！在边区，即使是一只犬，也会跷起一只脚，把它浇了的。这里，使我想起了艺术上的美的问题，正义永远是美丽的，而代表灭败的，即便是一笔一触，也是丑陋不堪的！

四

在灵寿牛庄，我在一家卖油条和烧饼的小铺里，遇见了一个自卫队的小队长。几队民兵正随一个正规兵团配合战斗，每人一条火枪三个手榴弹，防空的伪装，米袋都完备。他们的领导者，还背着一个破铜号。一天大队经过我们的行列，我见他很郑重地向我们的团首长敬礼。这位小队长，由于长年和油锅做伴，肺部已不健康，不时咳嗽。我们在牛庄有几天休息，那天我住在他家炕上，半夜突然他来了。我惊问："你不是民兵吗？怎么跑来这里睡？"他笑了："这是我的家吗，我不在这里睡到哪去？"第二天清晨，他跑去山坡，拔来一筐草，又去推了半升玉蜀黍，竟就烧起饭来，吃过，便又去集合他那一小队人了。

他还很年轻，灵活愉快积极。去年反"扫荡"他或者还是一个孩子，而今年便这样了！我看见他的弟弟，原是同几个小伙伴逃到山里去的，回家取粮食，他告诉哥哥，他们几个小孩是集体吃饭的，打柴的打柴，烧水的烧水，取粮的取粮……孩子们都在战斗的边沿接近了集体，就这样，战斗下去吧……

各地区村政权都坚持了工作。我见过一个三十多岁的黑瘦黄弱的区长，一天夜里，敌人向他们的方向来了。他在暗淡的灯光下，集合了区干部讲话，他直直地挺立着，右手插进黑色棉袄的口袋里，垂下眼皮说："……假如不幸，被敌人捕去，谁也不许透露点消息，死就好了……你要知道……"声音低沉然而有如洪钟震荡，在那样的寒夜里，一群干部答应着出去工作了。

每个村子，都是等敌人到了村边，村干部才检查村庄，然后退走。而妇孺老者，都是事先组织起来再送到安全地带的。模范队和青抗先，整天准备着战斗。一个团政治主任告诉我，今年的民兵参战，真是取之不尽了。每一个正规兵团过去，后面便是几乎有同样人数的民兵兵团跟随。在城南庄，他们曾在炮火中破坏桥梁，在温塘、牛庄别的几处战斗，大放手榴弹和撅枪，并打扫战场。而在各山沟大道警戒，组成了网幅。这样正规兵团和民兵兵团的连结，有如铁链之于镖锤,刺刀之于枪矛,钢韧无比,置一切敌伪于死地而有余的。

面对着我们钢铁的阵容,于黔驴技穷之后,敌人曾用飞机狂炸,配合抢掠,曾欺我们无有高射武器而作尽可能的低飞。一次在牛庄、两界峰一带,三架轰炸机狂炸二三小时。然而这对于我们有什么呢?经过长久的金炼火试,边区人民已视敌人如草芥,视敌机如蚊虻。敌人不过重复堂吉诃德对风车的施威的故事而已。

五

然而敌人对我们是要施尽其残酷的。我第二次进入陈庄,看见五个死者,躺在街上。在石岭沟,敌人使妇孺坐于尖木,毕其生命。蛟潭庄附近,敌人从偏僻山沟抢走我们四十多个男女。在两界峰战斗中,敌人竟对我们的几个战死者,剖去了他们的眼睛。十二月的一天,我三次到陈庄,正遇到六个战死者的棺木经过,人民献出了花圈。人民献出力,扶架他们去安葬。战死者失去了眼睛,而那眼睛,是曾经寒天霜夜,星稀月明,傲视于祖国的山峰,为保卫民族而凝视过的。在战斗中,他们战死了。而敌人竟剖去他们的眼……

记住这些吧!这不是一件事情的终结,而是一件事情的开始!

战斗继续着,而大战斗在后面。我就写在这里停笔一下了。

原载《晋察冀日报》

一九四〇年十二月二十四日、二十六日